Amélie Nothomb

Winterreise

Roman

Aus dem Französischen von
Brigitte Große

Diogenes

Titel der 2009
bei Albin Michel, Paris, erschienenen
Originalausgabe: ›Le Voyage d'hiver‹

www.diogenes.ch
60/11/8/1
ISBN 978 3 257 06778 1

Die Personenkontrolle am Flughafen geht mir auf die Nerven, wie jedem. Es ist mir noch nie gelungen, das verdammte Piepsen nicht auszulösen. So habe ich jedes Mal Anspruch auf das volle Programm, und Männerhände tasten mich von Kopf bis Fuß ab. »Glauben Sie wirklich, dass ich den Flieger in die Luft jagen will?«, rutschte es mir einmal heraus.

Blöde Idee – sie haben mich gezwungen, mich auszuziehen. Diese Leute haben keinen Humor.

Auch heute muss ich durch die Personenkontrolle und bin genervt. Ich weiß, gleich geht dieses verdammte Piepsen wieder los, und Männerhände tasten mich von Kopf bis Fuß ab.

Und ich werde das Flugzeug um 13.30 Uhr tatsächlich explodieren lassen.

Ich habe beschlossen, von Roissy-Charles-de-Gaulle abzufliegen, nicht von Orly. Dafür gibt es gute Gründe: Der Flughafen von Roissy ist viel schöner und angenehmer, die Ziele sind vielfältiger und ferner, die Duty-free-Shops bieten mehr Möglichkeiten. Doch der wichtigste Grund ist, dass es auf den Toiletten von Orly Klofrauen gibt.

Dass man ihnen Geld geben muss, ist nicht das Problem; in irgendeiner Tasche findet sich immer eine Münze. Ich ertrage es nur nicht, der Person zu begegnen, die meine Spuren beseitigen wird. Das ist für sie wie für mich demütigend. Ich glaube, ich übertreibe nicht, wenn ich sage, dass ich empfindsam bin.

Heute werde ich wohl öfter auf die Toilette müssen. Es ist das erste Mal, dass ich mich darauf vorbereite, ein Flugzeug explodieren zu lassen. Und es wird auch das letzte Mal sein, weil ich an Bord sein werde. So viel ich auch über für mich günstigere Lösungen nachgedacht habe, mir ist keine eingefallen. Für einen Durchschnittsbürger ist in einer solchen Tat der Selbstmord zwangsläufig inbegriffen. Oder man muss einem organisierten Netzwerk angehören, was nicht nach meinem Geschmack ist.

Ich bin nicht zur Teamarbeit geschaffen. Mir fehlt der Hang zum Kollektiv. Ich habe nichts gegen Menschen, ich neige zu Freundschaft und Liebe, aber eine Tat kann ich mir nur als etwas Einsames vorstellen. Wie soll man Großes vollbringen, wenn man ständig über irgendwen stolpert? Es gibt Fälle, wo man nur auf sich selbst zählen darf.

Zu früh zu kommen gilt nicht als pünktlich. Ich gehöre zu dieser Sorte: Ich fürchte mich so sehr, mich zu verspäten, dass ich unweigerlich viel zu früh dran bin.

Heute habe ich meinen eigenen Rekord unterboten: Um 8.30 Uhr stand ich am Check-in-Schalter. Das Fräulein bot mir einen Platz in einem früheren Flieger an. Ich lehnte ab.

Fünf Stunden Wartezeit sind nicht zu lang, ich habe ja Heft und Stift dabei. Ich, der es bis vierzig geschafft hat, die Peinlichkeit des Schreibens zu vermeiden, musste feststellen, dass kriminelles Handeln den Wunsch zu schreiben weckt. Was nicht so schlimm ist, weil meine Kritzeleien mit mir in die Luft fliegen werden. Ich werde also nicht gezwungen sein, mein Manuskript einem Verleger vorzulegen und ihn mit gespielter Gleichgültigkeit um seine Meinung zu bitten.

Natürlich ging bei der Personenkontrolle wieder

das blöde Piepsen los. Zum ersten Mal konnte ich darüber lachen. Wie erwartet, haben mich Männerhände von Kopf bis Fuß abgetastet. Mein Lachen kam ihnen verdächtig vor, ich sagte, dass ich kitzlig sei. Als sie den Inhalt meiner Tasche akribisch kontrollierten, musste ich mir auf die Zunge beißen, um nicht loszuprusten. Ich war noch nicht im Besitz der Mittel für das Verbrechen. Mein Material kaufte ich erst anschließend im Duty-free.

Jetzt ist es 9.30 Uhr. Ich habe noch vier Stunden vor mir, um dieses merkwürdige Bedürfnis zu befriedigen: zu schreiben, was nicht lange genug existieren wird, um gelesen zu werden. Angeblich sieht man im Moment des Todes sein ganzes Leben in einer Sekunde an sich vorüberziehen. Ich werde bald wissen, ob das stimmt. Die Aussicht gefällt mir, auf keinen Fall möchte ich das *best of* meiner Geschichte verpassen. Vielleicht will ich mit meinem Schreiben dem Vorführer, der die Bilder auswählt, die Arbeit erleichtern: ihn auf die besten Momente hinweisen und ihm nahelegen, die im Dunkel zu lassen, die mir weniger bedeutet haben.

Vielleicht schreibe ich auch aus Angst davor, dass dieser Blitzfilm gar nicht existiert. Gut möglich, dass das ein Märchen ist und man dumm stirbt, ohne irgendetwas zu sehen. Ohne diese Erinnerungstrance ins Jenseits einzugehen fände ich traurig. Also versuche ich vorsichtshalber, diesen Clip schriftlich zu produzieren.

Das erinnert mich an meine Nichte Alicia. Das Kind ist vierzehn und glotzt seit seiner Geburt MTV. Einmal habe ich zu ihr gesagt, sie wird, wenn sie einmal stirbt, ein Video sehen, das mit Take That anfängt und mit Coldplay aufhört. Sie hat darüber gelacht. Ihre Mutter fragte mich, warum ich so aggressiv zu ihrer Tochter sei. Wenn einen Teenager zu necken schon aggressiv sein soll, will ich gar nicht wissen, was meine Schwägerin sagt, wenn sie von meiner Rolle in der Sache mit der Boeing 747 erfährt.

Natürlich habe ich das im Kopf. Attentate gibt es nur, damit die Leute darüber reden und die Medien es rund um die Welt verbreiten. Ein Flugzeug entführt man nicht zum Spaß, sondern um auf die Titelseiten zu kommen. Schafft die Medien ab, und alle Terroristen sind arbeitslos. Aber das geht nicht von heute auf morgen.

Ab 14 Uhr, denke ich, na, sagen wir angesichts der ewigen Verspätungen lieber ab 14.30 Uhr, werden meine Agenturen CNN, AFP usw. heißen. Das Gesicht meiner Schwägerin heute Abend bei den 20-Uhr-Nachrichten! »Ich hab ja schon immer gesagt, dein Bruder ist krank!« Darauf bin ich ziemlich stolz. Dank mir wird Alicia zum ersten Mal in ihrem Leben einen anderen Sender sehen als MTV. Sie werden es mir trotzdem verübeln.

Dass ich mir jetzt schon die Freude gönne, mir diese Szene auszumalen, ist keineswegs absurd. Ich werde schließlich nicht mehr da sein, um die von mir hervorgerufene Empörung auszukosten. Will man zu Lebzeiten seinen postumen Ruf genießen, nimmt man ihn am besten schreibend vorweg.

Die Reaktion meiner Eltern: »Ich habe ja gewusst, dass mein zweiter Sohn etwas Besonderes ist. Das hat er von mir«, wird mein Vater sagen, während meine Mutter damit beschäftigt sein wird, authentische Erinnerungen zu erfinden, in denen mein Schicksal bereits vorgezeichnet war: »Mit acht baute er Lego-Flugzeuge und warf sie dann auf seine Spielzeug-Ranch.«

Meine Schwester wiederum wird voller Rührung echte Erinnerungen erzählen, deren Bezug zu der Geschichte man jedoch vergebens suchen wird: »Er schaute immer lange auf die Bonbons in seiner Hand, bevor er sie aufaß.«

Mein Bruder wird sagen – sofern seine Frau ihn zu Wort kommen lässt –, dass bei dem Vornamen so etwas zu erwarten gewesen sei. Und an diesem Unfug ist vielleicht sogar etwas Wahres dran.

Ich war noch im Bauch meiner Mutter, da tauften mich meine Eltern, die überzeugt waren, ein Mädchen zu bekommen, Zoé. »Ein hübscher Vorname, der ›Leben‹ bedeutet!«, erklärten sie. »Und sich auf deinen Vornamen reimt«, sagten sie zu Chloé, die von ihrer zukünftigen kleinen Schwester schon ganz angetan war. Sie waren so rundum zufrieden mit ihrem Ältesten, dem ernsthaften Éric, dass ihnen ein zweiter Sohn überflüssig vorkam. Zoé konnte nur eine Doublette der hinreißenden Chloé sein, eben dasselbe in Kleiner.

Ich kam mit einem Dementi zwischen den Beinen zur Welt. Sie fanden sich bereitwillig damit ab. Der Vorname Zoé aber war ihnen so wichtig, dass sie unbedingt ein männliches Pendant dazu finden wollten. In einer veralteten Enzyklopädie entdeckten sie den Namen Zoïle und gaben ihn mir, ohne zu bedenken, dass sie mich damit zu einer Existenz als Hapax legomenon verdammten.

Die sechs Zeilen, die im Lexikon der Eigennamen über Zoïle standen, habe ich auswendig gelernt: »Zoïle (griechisch Zoilos), griechischer Sophist (Amphipolis oder Ephesos, ~4. Jh.). Berühmt vor allem für seine heftige, kleingeistige Kritik an Homer, die ihm den Beinamen ›Homeromastix‹ (Homers Geißel) eintrug. Das soll auch der Titel eines seiner Werke gewesen sein, in dem er die Absurdität der homerschen Märchen im Lichte des gesunden Menschenverstands darlegen wollte.«

Offenbar hat dieser Name auch in die Alltagssprache Eingang gefunden. Goethe etwa war sich seines Genies so sehr bewusst, dass er Kritiker, die ihn schmähten, als Zoiloi bezeichnete.

Einer philologischen Enzyklopädie war noch zu entnehmen, dass Zoilos von einer Menge braver Leute, die über seine Aussagen zur Odyssee erbost waren, gesteinigt wurde. Was für eine heroische Zeit, in der Liebhaber literarischer Werke nicht zögerten, einen unerträglichen Kritiker zu beseitigen!

Kurz, Zoilos war ein widerwärtiger, lächerlicher Kretin. Kein Wunder, dass nie jemand auf die Idee kam, seinem Kind diesen Namen zu geben, der sich auch noch so merkwürdig anhört. Außer meinen Eltern natürlich.

Als ich mit zwölf von dieser verhängnisvollen Namensgleichheit erfuhr, wollte ich meinen Vater zur Rede stellen, doch der stahl sich mit einem »Das weiß doch keiner mehr« aus der Affäre. Meine Mutter war noch besser, sie sagte:

»Hör einfach nicht auf das Gerede!«

»Das steht im Lexikon, Mama!«

»Wenn man alles glauben würde, was im Lexikon steht …«

»Muss man!«, erwiderte ich wie aus der Pistole geschossen.

Sofort führte sie ein neues Argument ins Feld, das noch perfider und gemeiner war:

»Er hatte ja nicht ganz unrecht, die Ilias hat auch ein paar Längen, musst du zugeben.«

Wobei sie um keinen Preis zugegeben hätte, die Ilias nie gelesen zu haben.

Wenn es schon ein Sophist sein musste, hätte ich nichts gegen Gorgias, Protagoras oder Xenon gehabt, deren Geist noch heute lebendig ist. Der Name des Dümmsten und Verächtlichsten unter ihnen prädestinierte mich jedoch nicht gerade für eine glorreiche Zukunft.

Mit fünfzehn packte ich den Stier bei den Hörnern, um meinem Schicksal zuvorzukommen: Ich wollte Homer übersetzen.

Im November gab es eine Woche Schulferien. Meine Eltern besaßen eine langweilige Hütte im tiefsten Wald, um ab und zu ins Grüne zu fahren. Ich bat sie um den Schlüssel.

»Was willst du denn dort ganz allein?«, fragte mein Vater.

»Die Ilias und die Odyssee übersetzen.«

»Davon gibt es bereits hervorragende Übersetzungen.«

»Ich weiß. Aber wenn man einen Text selbst übersetzt, entsteht eine sehr viel stärkere Verbindung zu ihm, als wenn man ihn bloß liest.«

»Willst du deinen Namensvetter widerlegen?«

»Weiß ich noch nicht. Bevor ich das beurteilen kann, muss ich das Werk gründlich studieren.«

Meine Reise führte mit dem Zug bis zum Dorf und von dort noch etwa zehn Kilometer zu Fuß bis zum Haus. Erregt fühlte ich das Gewicht des alten Wörterbuchs und der beiden berühmten Werke in meinem Rucksack.

Ich kam Freitag spätabends an. Es war eiskalt in der Hütte. Ich machte Feuer im Kamin, stellte einen Fauteuil direkt davor und verkroch mich darin unter einem Haufen Decken. Von der Kälte betäubt, schlief ich ein. Und wunderte mich, als ich frühmorgens in dieser Stellung erwachte. In der Dunkelheit leuchtete rötlich die Glut. Bei dem Gedanken an das, was mich erwartete, traf mich die Begeisterung wie ein Blitz: Ich war fünfzehn und hatte neun Tage absoluter Einsamkeit vor mir, um mit all meiner Kraft das ehrwürdigste Werk der Geschichte zu durchdringen. Ich legte noch ein Scheit nach und machte mir Kaffee. Dann stellte ich ein Tischchen mit dem Wörterbuch und den beiden Büchern in eine Ecke am Kamin. Mit einem leeren Heft bewaffnet, stürzte ich mich ins Gefecht und widmete mich Achilleus' Zorn.

Von Zeit zu Zeit sah ich von dem Text auf, um mich an der Situation zu berauschen. »Sei dir der Größe dessen, was dir widerfährt, bewusst«, schärfte ich mir immer wieder ein. Und ich war mir dessen die ganze Zeit bewusst. Das Dahinfließen der Tage ließ die Erregung nicht abflauen, denn die Widerspenstigkeit des Griechischen fachte immer wieder aufs Neue das Gefühl eines erstklassigen Liebeswerbens an. Mir fiel auf, dass ich im Moment des Schreibens sehr viel besser übersetzte. Da beim Schreiben das

Denken einen Teil des Körpers passiert – den ich mir aus Hals, Schulter und rechtem Arm zusammengesetzt dachte –, wollte ich meinem Gehirn den ganzen Körper zur Verfügung stellen. Wenn ein Vers mir seine Bedeutung vorenthielt, rezitierte ich ihn zum Takt meiner Füße, meiner Knie und meiner linken Hand. Das führte zu keinem Ergebnis. Also sang ich ihn mit erhobener Stimme. Nichts. Kampfesmüde ging ich auf die Toilette, um mich zu erleichtern. Kaum war ich wieder zurück, übersetzte sich der Vers wie von selbst.

Zuerst war ich verblüfft. Half Pinkeln dem Verständnis auf die Sprünge? Wie viele Liter Wasser müsste ich wohl trinken für so einen Brocken? Dann wurde mir klar, dass das nichts damit zu tun hatte. Die Wirkung kam von den paar Schritten zur Toilette. Ich hatte meine Beine zu Hilfe gerufen; man musste sie nur in Gang setzen, um eine Lösung zu finden. Der Ausdruck »das geht« kann keine andere Erklärung haben.

Ich gewöhnte mir an, bei Einbruch der Nacht im Wald spazieren zu gehen. Die langen Schatten der Bäume und die eisige Luft taten mir gut, sie riefen in mir den Eindruck hervor, mich einer feindlichen, übermächtigen Umwelt zu stellen. Als Peripatetiker der Übersetzung fühlte ich, wie diese Übung meinem Gehirn die fehlende Kraft verlieh.

Zu Hause konnte ich dann die fehlenden Stellen ergänzen.

Die neun Tage reichten nicht einmal für die Hälfte der Ilias. Dennoch kehrte ich mit einem Gefühl des Triumphs in die Stadt zurück. Ich hatte ein erhabenes Idyll erlebt, das mich auf ewig mit Homer verband.

Fünfundzwanzig Jahre sind seither vergangen, und ich muss leider feststellen, dass ich keinen einzigen Vers mehr rezitieren kann. Das Wichtigste aber ist mir in Erinnerung geblieben: die ungeheure Energie, die diese Ekstase freisetzt, die Fruchtbarkeit eines Gehirns, das auf voller Kraft läuft und die ganze Natur einschließlich seiner eigenen zu Hilfe nimmt. Mit fünfzehn hat man eine ungestüme Intelligenz, die man einfangen sollte; sie kommt nämlich, wie manche Kometen, nie wieder.

Nach der Rückkehr aus den Ferien wollte ich meinen Klassenkameraden erzählen, was mir widerfahren war. Doch niemand hörte mir zu. Das wunderte mich nicht: Ich war uninteressant, hatte nie jemanden interessiert. Ich war keine charismatische Persönlichkeit, und es ärgerte mich, dass ich darunter litt. Warum machte es mir etwas aus? Ich hätte mir denken können, dass mein intimes Zusammensein mit Homer meine Mitschüler nicht unbedingt vom

Hocker riss. Warum also wollte ich sie beeindrucken?

In der Jugend entscheidet sich, ob man im Licht oder im Schatten stehen wird. Ich hätte das gern selbst bestimmt, aber es gelang mir nicht: Etwas, das sich meiner Analyse entzog, verdammte mich zum Schatten. Vielleicht wäre ich sogar damit zufrieden gewesen, aber nur, wenn ich die Wahl gehabt hätte.

Ansonsten war ich wie die anderen: Ich liebte charismatische Persönlichkeiten. Wenn Fred Warnus oder Steve Caravan sprachen, erlag ich ihrem Charme. Ich hätte nicht erklären können, warum, aber ich ließ mich gern von ihnen verführen. Ich wusste, dass ich dieses Mysterium nie ergründen würde.

Wir haben lange keinen Krieg gehabt in Westeuropa. In Zeiten anhaltenden Friedens entwickeln die Generationen andere Methoden der Trauer um die Toten auf dem Felde der Ehre: Jahr für Jahr werden zahllose Namen auf der Stele für die Opfer der Mittelmäßigkeit verewigt. In dubio pro reo: Sie sind nicht desertiert, sie haben sich dem Kampf gestellt, einige waren schon mit fünfzehn lebende Götter. Der Begriff ist meines Erachtens durchaus angemessen: Wenn ein Jugendlicher an die Front geht, ist das ein hinreißender Anblick. Warnus und Caravan sprühten von einer Art heiligem Feuer.

Warnus war achtzehn, als er fiel: Kaum an der Uni, betete dieser brillante Geist die abgedroschenen Phrasen dieses oder jenes Professors nach. Caravan hielt länger durch: Er ging nach New Orleans, um bei den besten Blues-Musikern zu lernen. Er hatte Talent. Ich bekam eine Gänsehaut, als ich ihn einmal spielen hörte. Mit ungefähr dreißig traf ich ihn im Supermarkt wieder, den Einkaufswagen randvoll mit Sixpacks. Ohne einen Anflug von Scham erklärte er mir, er habe genug vom Blues und sei nicht unglücklich darüber, dass ihn »das Realitätsprinzip eingeholt« habe. Ich fragte ihn lieber nicht, ob er das Bier damit meinte.

Nicht immer unterliegt man im gesellschaftlich-beruflichen Feld. Oft siegt die Mittelmäßigkeit im Privaten. Auch wenn ich hier zwei Jungen anführe, die mit fünfzehn mit den Göttern auf Du und Du standen, wird nicht nur die Elite hingemäht. Wissentlich oder unwissentlich ziehen wir alle in diesen Kampf, und es gibt viele Arten des Scheiterns.

Die Liste der Opfer ist nirgends verzeichnet. Nie weiß man mit Sicherheit, wer dazugehört, nicht einmal, ob man selbst dabei ist. Am Bestehen dieser Front ist jedoch nicht zu rütteln. Kaum einer überlebt bis vierzig, und wenn, dann nur als tragische Existenz. Auf jeden Fall trägt man dann Trauer.

Ich glaube nicht, dass mich die Mittelmäßigkeit

eingeholt hat. Dank einiger Warnsignale ist es mir stets gelungen, in dieser Hinsicht wachsam zu bleiben. Am wirksamsten ist Folgendes: Solange man sich nicht über die Niederlage eines anderen freut, kann man noch in den Spiegel schauen. Sich an fremder Mittelmäßigkeit zu ergötzen ist der Gipfel der Mittelmäßigkeit.

Ich habe mir die Fähigkeit bewahrt, unter dem Scheitern derer, die ich kenne, zu leiden. Vor kurzem habe ich Laura wiedergesehen, mit der ich während meiner Studienzeit eng befreundet war. Ich fragte sie nach Violette, der Schönheit unseres Jahrgangs. Triumphierend berichtete sie, Violette habe dreißig Kilo zugenommen und mehr Falten als die böse Fee Carabosse. Ihre Freude jagte mir kalte Schauer über den Rücken. Und wie sie auf mein Bedauern über Steve Caravans Werdegang reagierte, entsetzte mich vollends.

»Warum verurteilst du ihn?«, fragte sie.

»Ich verurteile ihn nicht. Es tut mir nur leid, dass er aufgehört hat, Musik zu machen. Er war so begabt!«

»Auch ein eingebildetes Genie muss Rechnungen bezahlen.«

Hässlicher als dieser Satz war nur noch die Verbitterung, die aus ihren Worten triefte.

»Also war Steve für dich ein eingebildetes Genie?

Ist dir nie in den Sinn gekommen, er könnte ein echtes gewesen sein?«

»Er hatte ein bisschen Talent, wie wir alle.«

Jedes weitere Wort war zwecklos. Es ist ja schon schwer genug, Konformisten reden zu hören, unerträglich aber wird es, wenn man das Ausmaß des Hasses entdeckt, der sich hinter ihren Glaubenssätzen verbirgt.

Hass – jetzt ist das Wort heraus. In ein paar Stunden wird infolge meines Eingreifens ein Flugzeug explodiert sein. Trotz gewisser Vorkehrungen wird es nicht weniger als hundert Tote geben. Unschuldige Opfer – das schreibe ich ohne Ironie. Wie kann ich also den Hass der anderen anprangern?

Ich bin kein Terrorist – das muss ich hier für mich selbst festhalten. Ein Terrorist handelt im Namen eines Anspruchs. Ich habe keinen. Ich finde es nicht schlecht, mich radikal von dem Abschaum zu unterscheiden, der einen Vorwand für seinen Hass braucht.

Ich hasse den Hass und fühle ihn doch. Ich kenne das Gift, das beim ersten Biss das Blut infiziert und bis ins Mark dringt. Die Tat, auf die ich mich vorbereite, ist dafür der reinste Ausdruck. Als Terrorist würde ich meinen Hass nationalistisch, politisch oder religiös verbrämen. Ich bin so kühn, mich als aufrechtes Monster zu bezeichnen, weil ich nicht versuche, meinen Hass mit einem Grund, einem Ziel zu adeln. Es widert mich an, ein zerstörerisches Vorhaben mit einem Motiv zu schmücken.

Seit Troja weiß es ohnehin jeder: dass man um des

Tötens willen tötet und um des Brandschatzens willen brandschatzt und nachträglich bestimmt eine Rechtfertigung dafür findet. Dies hier ist kein Legitimationsversuch, weil niemand es lesen wird, vielmehr entspringt es einem tiefen Bedürfnis, die Dinge zu klären: So vorsätzlich ich dieses Verbrechen begehen werde, ist es doch hundertprozentig triebhaft. Ich musste nur das Feuer meines Hasses unterhalten und es daran hindern, in sich zusammenzufallen, zu erlöschen und in ein faules, falsches Vergessen abzusinken.

Nach meinem unmittelbar bevorstehenden Tod wird man mich als das bezeichnen, was ich nicht bin. Es macht mir nichts aus, von denen, die ich verachte, nicht verstanden zu werden. Aber das Böse hat seine eigene Hygiene, und meine drängt mich zu der Aussage, dass ich nach dem Crash meinetwegen ein Schwein, ein Spinner, Dreck oder Abschaum bin – alles, bloß kein Terrorist. Jeder hat seinen Stolz.

Es geht auch nicht darum, meinem Leben einen Sinn zu verleihen – daran fehlt es ihm nicht. Ich muss gestehen, dass ich mich nur wundern kann über die unzähligen Menschen, die, wenn man ihnen glauben will, an der Sinnlosigkeit ihrer Existenz leiden. Sie erinnern mich an diese Modenärrinnen, die vor ihrer sagenhaften Garderobe stehen und schreien, dass sie nichts anzuziehen haben. Überhaupt zu leben ist schon ein Sinn. Auf diesem Stern zu leben noch einer. Mit anderen zu leben noch einer usw. Keiner kann ernsthaft behaupten, sein Leben sei sinnlos. Ich müsste korrekterweise sagen, mein Leben hatte bisher kein Objekt. Und das war gut so. Mein Leben war intransitiv, absolut, und von mir aus hätte es ruhig so weitergehen können. Da ereilte mich das Schicksal.

Das Schicksal wohnte unterm Dach. Seit fünfzehn Jahren bin ich beruflich damit beschäftigt, Leuten nach ihrem Umzug Energielösungen vorzuschlagen, um die sie nicht gebeten haben. Je nach Installation – oder sollte ich sagen, Katastrophe? – empfehle ich die EDF oder die GDF, bei denen ich in gewisser Weise angestellt bin; ich mache die Kalkulation und teile Kredite zu, wenn ich soziale Umstände vorfinde, für die die Bezeichnung prekär nicht mehr ausreicht. Da ich in Paris tätig bin, hatte ich beruflich häufiger als privat Gelegenheit festzustellen, was die Leute alles aushalten, um in dieser Stadt zu leben.

Aus einem Rest von Schamgefühl heraus behaupten manche, ihre Wohnung sei nur momentan so heruntergekommen: »Wir sind gerade erst eingezogen, verstehen Sie?« Dann nicke ich. Ich weiß, dass der Zustand sich in der Mehrzahl der Fälle nicht bessern wird: Die einzige Veränderung wird darin bestehen, Krempel anzusammeln, der das ursprüngliche Chaos allmählich überdeckt.

Die offizielle Version lautet, dass ich meine Arbeit mag, weil sie es mir ermöglicht, die erstaunlichsten Menschen kennenzulernen. Das ist nicht falsch. Bei genauerer Betrachtung wird allerdings klar, dass diese Aufgabe meiner angeborenen Neugier entgegenkommt. Ich liebe es, die Wirklichkeit der Wohnstätten zu erkunden, der erschreckenden Behausungen, in denen Menschen bereit sind, sich einzurichten.

Verachtung ist in meiner Indiskretion nicht enthalten. Wenn ich mir meine Bude so anschaue, kann ich darauf auch nicht allzu stolz sein. Mir ist durchaus bewusst, dass ich den Finger auf ein uneingestandenes, aber keineswegs unbedeutendes Geheimnis lege: Menschen leben nicht besser als Ratten. In der Werbung oder im Kino sieht man oft Leute in prächtigen Lofts oder eleganten Boudoirs. Mir ist in meiner fünfzehnjährigen Berufstätigkeit nie jemand untergekommen, der in solch überirdische Prunkräume eingezogen wäre.

An jenem Tag im Dezember hatte ich einen Termin bei einem Neuzugang im Viertel Montorgueil. Aus meinen Unterlagen ging hervor, dass es sich um eine Romanschriftstellerin handelte. Ich konnte mich nicht erinnern, je bei einem Menschen dieses Metiers geklingelt zu haben, mein Geist war also hellwach.

Zu meiner Überraschung wurde ich nicht von einer Frau empfangen, sondern von zweien. Die eine war etwas plemplem, sie lümmelte auf einem Sofa und begrüßte mich mit einem Schnauben. Die andere bat mich charmant und lebhaft einzutreten. Ihre hervorragenden Manieren standen in krassem Gegensatz zum Zustand der Räumlichkeiten. Die Mansarde hatte schlicht und einfach keine Heizung.

»Wie können Sie hier leben?«, fragte ich, fassungslos angesichts der Eiseskälte.

»Wie Sie sehen«, sagte sie und deutete auf ihre Vermummung und die der Schwachsinnigen auf dem Sofa.

Beide hatten ungefähr fünfzehn Wollpullis an und darüber ebenso viele Mäntel, Schals und Mützen. Die Debile sah damit aus wie ein zurückgebliebener Yeti. Die Hübsche bewahrte auch in dieser Aufmachung eine anmutige Haltung. Plötzlich schoss mir die Frage durch den Kopf, ob die beiden wohl ein Paar seien. Wie um meine unausgesprochene Frage zu beantworten, begann die Kreatur, mit ihrer Spucke Blasen zu machen. Nein, sie konnten nicht zusammen sein. Mir fiel ein Stein vom Herzen.

»Und das halten Sie aus?«, fragte ich blöde.

»Wir haben keine Wahl«, erwiderte die Hübsche.

Die Debile war alterslos wie alle ihrer Art. Die Hübsche musste zwischen fünfundzwanzig und dreißig sein. In meinen Unterlagen stand »A. Malèze«.

A… Agathe? Anna? Aurelia? Audrey?

Das war keine Frage, die zu meiner Arbeit gehörte. Ich besichtigte die paar Zimmer und konstatierte erstaunt, dass das Wasser in der Toilette nicht eingefroren war. In der Wohnung herrschte eine Temperatur von etwa zehn Grad. Das war wenig, aber woher kam der Eindruck, dass es zehn Grad weniger waren? Ich betrachtete die fast vollständig verglaste Decke: Die Isolierung war ein Witz, der ständige Luftzug ließ einen bis in die Knochen frieren. Ich überschlug die Kosten für die erforderlichen Arbeiten und kam auf mehrere hunderttausend Euro. Und das Schlimmste war, dass vor dem Sommer nichts zu machen war, weil man dafür das Dach abreißen müsste. Ich sagte es ihr. Sie lachte auf.

»Ich habe nicht einen Cent von dieser Summe. Wir haben all unser Geld in den Kauf dieser Wohnung gesteckt.«

Wir … sie mussten Schwestern sein.

»Aber Sie könnten sich doch etwas leihen und vorübergehend bei Verwandten wohnen.«

»Wir haben keine.«

Es war herzergreifend: zwei tapfere Waisenmädchen, von denen eins in die Klapse gehörte.

»Wie wollen Sie denn hier den Winter überleben?«

»Müssen wir wohl. Es gibt keine Alternative.«

»Ich könnte einen Platz in einem Wohnheim für Sie finden.«

»Auf gar keinen Fall. Wir beklagen uns ja nicht. *Sie* wollten doch unbedingt diesen Inspektionsbesuch bei uns machen.«

Ihr defensiver Tonfall ging mir ans Herz.

»Und wie schlafen Sie nachts?«

»Ich mache uns Wärmflaschen, und wir kuscheln uns unter der Decke aneinander.«

Jetzt verstand ich die Anwesenheit der Schwachsinnigen besser: Sie wärmte. Eine unersetzliche Qualität, deren Stellenwert mir aus meiner Berufspraxis vertraut war.

Der Stolz der jungen Frau gefiel mir. Ich setzte alles auf eine Karte:

»Ich kann hier nicht weggehen, ohne Ihnen Hilfe, Unterstützung oder Vermittlung anzubieten.«

»Und was schlagen Sie vor?«

»Ihnen Elektroöfen vorbeizubringen. Umsonst.«

»Dann können wir die Stromrechnung nicht mehr bezahlen.«

»Für solche Probleme sind bei der EDF Regelungen vorgesehen.«

»Wir sind nicht bedürftig.«

»Ihre Haltung ehrt Sie. Aber haben Sie schon an eine chronische Bronchitis gedacht? Das kann sich sogar zu einer Rippenfellentzündung auswachsen. Solche Fälle kommen immer häufiger vor.«

»Wir sind bei bester Gesundheit.«

Sie wurde feindselig. Ich begriff, dass ich jetzt lieber gehen sollte. Das Einzige, was ich dank meiner Hartnäckigkeit erreichte, war ein neuer Termin, um die Decke mit großen Plastikbahnen abzudichten.

»Das wird hässlich aussehen«, befand sie.

»Aber nur vorübergehend«, antwortete ich und versuchte dabei versöhnlich zu lächeln.

Die Fragen, die mir auf den Lippen brannten, verschob ich auf unser nächstes Treffen.

Kaum war ich draußen, raste ich zur FNAC bei den Halles und suchte nach Büchern von einer A. Malèze. Ich fand *Platzpatronen* von Aliénor Malèze. Aliénor … das war so schön, dass es mir die Sprache verschlug.

Nach der Lektüre des Romans fragte ich mich beunruhigt, inwiefern diese *Platzpatronen* harmloser seien als echte Kugeln. Ich konnte nicht sagen, ob ich den Roman mochte. Genauso wenig hätte ich entscheiden können, ob ich lieber einen Curare-Pfeil zwischen die Augen bekäme oder mit einer Wunde am Bein zwischen Haien schwämme.

Ich konzentrierte mich auf die positiven Punkte. So hatte ich eine tiefe Erleichterung empfunden, als ich das Buch beendet hatte. Ja, ich hatte beim Lesen gelitten, aber nicht aus literarischen Gründen. Übrigens fand ich es sympathisch, dass kein Foto der Autorin auf dem Umschlag war, wo einen heute doch immer gleich der Schriftsteller in Großaufnahme vom Cover anspringt. Dieses Detail freute mich umso mehr, als ich ja das entzückende Gesicht von Mademoiselle Malèze kannte, das durchaus als Verkaufsargument geeignet gewesen wäre. Der Klappentext verriet weder das Alter der Autorin, noch behauptete er, dass es sich bei ihr um das vielversprechendste Talent ihrer Generation handelte. Das erlaubte den Schluss, dass es diesem Buch nicht an Qualitäten mangelte.

In der Rubrik »Vom selben Autor« erfuhr ich, dass das Buch kein Erstling war. Es gab schon vier frühere: *Ohne Betäubung, In vivo, Einbrüche* und *Endstadium*. Da befiel mich die Verzweiflung eines Ritters, der glaubt, die Prüfung siegreich bestanden zu haben, und von der Dame seines Herzens gleich noch vier vom gleichen Kaliber aufgebrummt kriegt.

Ich bestellte sie beim Buchhändler meines Viertels und fieberte unserem nächsten Treffen entgegen. Sollte ich das Buch zwecks Widmung mitnehmen? War das eine gute Idee? Wünschte ich mir, wenn ich Schriftsteller wäre, dass Menschen sich mir gegenüber so verhielten? Würde sie das als unpassende Handlung, Vertraulichkeit, Eingriff in ihre Privatsphäre empfinden? Ich raufte mir die Haare angesichts dieser Benimmfragen, die nun das bisschen gesellschaftlichen Raum, in dem ich mich bewegte, vollkommen besetzten.

Als der Tag gekommen war, steckte ich die *Platzpatronen* in meinen Rucksack, ohne mich für ein Vorgehen entschieden zu haben. Aliénor … dieser Vorname hatte sich so prächtig kristallisiert, dass er in meinen Ohren wie ein Diamant klang. Allerdings müsste ich vermeiden, sie so zu nennen, und das erschien mir so schwierig wie die Aufgabe, einer Harfenistin nicht zu danken, die Debussy spielt, wenn man gerade das dringende Bedürfnis nach dieser Art von Schönheit verspürt.

Aliénor empfing mich mit einer Höflichkeit, die schmerzte. Die bekloppte Freundin in der Ecke aß einen Topf dampfenden Pürees. »Das wärmt«, sagte sie mit einer Hasenschartenstimme. Ich nickte und fing an zu arbeiten. Das Abdichten erwies sich als schwieriger als gedacht. Die Schriftstellerin half mir dabei, und ich gestand ihr beschämt, dass ich ohne sie aufgeben, sie dem kalten Luftzug überlassen und mit einem Kollegen hätte wiederkommen müssen.

»Sehen Sie, so hässlich ist es doch gar nicht«, sagte ich, als wir fertig waren.

»Der Himmel verdient Besseres, als durch Plastik gesehen zu werden«, antwortete sie. »Wann machen Sie es ab?«

»Sachte, sachte! Wir haben die Plane doch gerade erst angebracht. Vor Ende April würde ich an Ihrer Stelle die Finger davon lassen.«

Aus der großen Tasche, in der sich die Plastikplane befunden hatte, holte ich das kleinste Modell eines Elektroheizstrahlers hervor.

»Jetzt ist der Innenraum isoliert, da lohnt es sich auch zu heizen. Dieses Gerät hat einen viel geringeren Verbrauch als ein Heizlüfter.«

»Ich habe Sie um nichts gebeten.«

»Sie müssen ihn ja nicht benutzen. Aber Sie können mich auch nicht zwingen, ihn den ganzen Tag mit mir herumzuschleppen. Ich lasse ihn hier und nehme ihn Ende April zusammen mit der Plane wieder mit.«

Sie zog ihre Halbhandschuhe aus und strich über seine Oberfläche, als wäre er ein Haustier, das ich ihr dalassen wollte. Dabei erblickte ich eine scheußliche Wunde an einer ihrer Hände. Ich konnte einen Aufschrei nicht unterdrücken.

»Das ist nichts«, sagte sie. »Die Wärmflasche ist geplatzt, als ich schlief. Ich kann froh sein, dass es mir nur die Hand verbrannt hat.«

»Haben Sie das einem Arzt gezeigt?«

»Nicht nötig. Es ist nur wegen der Blasen so auffällig.«

Sie zog ihre Halbhandschuhe wieder über. Es war so kalt in der Wohnung, dass ich das Gefühl hatte, man könnte die Luft in Blöcke schneiden. Bei der Vorstellung, dieses Mädchen in dem eisigen Gefängnis zurückzulassen, zog sich mein Herz zusammen.

»Können Sie hier überhaupt schreiben?«, stammelte ich.

»Aliénor! Eine Frage an dich!«

Verdutzt sah die Blöde mich an. Aber weniger verdutzt als ich sie. Wie! Das war die Schriftstellerin?

»Können Sie hier überhaupt schreiben?«, wiederholte ich und betrachtete mit Grauen die Püreereste um ihren Mund.

»Ich mag das«, sagte die Hasenscharte.

Um meinen Schreck zu verbergen, holte ich das Buch aus dem Rucksack.

»Schau«, sagte die Hübsche, »der Herr hat dein Buch mitgebracht. Möchtest du es signieren?«

Die Kreatur gab ein freudiges Grunzen von sich, das ich für Zustimmung hielt. Ich hätte das Buch lieber der Hübschen gegeben, damit sie es ihr weiterreichte, fasste mir aber ein Herz und hielt es der Hässlichen hin, zusammen mit meinem Füller. Sie starrte ihn eine ganze Weile lang an.

»Das ist der Füller von dem Herrn, den musst du ihm wieder zurückgeben«, erklärte die, deren Vornamen ich nicht kannte.

»Aliénor«, dachte ich. Seit ich wusste, wessen Name das war, hatte er sich verändert. Ich hörte jetzt »Alien« darin. Ja, sie ähnelte dem Ding in dem Film. Wahrscheinlich flößte sie mir deshalb solche Furcht ein.

»Nebenan ist ein Café«, sagte ich zu der Hübschen. »Wollen wir etwas trinken gehen?«

Sie erklärte der Bekloppten, dass sie jetzt mit dem Herrn auf einen Kaffee gehen wolle, und schlug ihr vor, während der Zeit eine Widmung zu schreiben, die ihrer würdig sei. Ich fragte mich, was sie damit meinte und was dieses Zombiewesen mit Würde zu tun haben könnte.

In dem Lokal begann sie gleich zu sprechen, sie hatte wohl die Fragezeichen in meinen Augen gelesen.

»Ich weiß. Es ist kaum zu glauben, dass eine solche Schriftstellerin geistig behindert ist. Protestieren Sie nicht, das Wort ist verpönt, aber ich finde es angemessen und nicht herabwürdigend. Aliénor ist sehr langsam. Und da sie für die geringsten Dinge so viel Zeit braucht, hat sie ihre besondere Begabung entwickelt. Ihre Sprache ist frei von Automatismen, von denen unsere strotzt.«

»Das ist es nicht, was mich am meisten wundert. Aber Aliénor wirkt so sanft und nett, und ihr Buch ist so brutal.«

»Ihrer Meinung nach schreibt also ein netter Autor nette Bücher?«

Ich fühlte mich wie der König der Trottel und ließ sie reden.

»In einem Punkt haben Sie recht«, fuhr sie fort, »Aliénor ist sanft und nett. Und sie ist es wirklich, ohne Berechnung. Würde ich mich nicht um sie kümmern, würde der Verlag sie ausnehmen.«

»Sie sind ihre Agentin?«

»In gewisser Weise, auch wenn das in keinem Vertrag steht. Ich habe Aliénor vor fünf Jahren kennengelernt, als ihr erster Roman erschienen war. Ich war von ihrem Stil so hingerissen, dass ich zum Salon du Livre ging, um mir das Buch signieren zu lassen. Im Klappentext war zu lesen, Aliénor Malèze sei authentisch und einzigartig und durch ›ihr Anderssein eine Bereicherung für unsere Gesellschaft‹. Als ich sie am Verlagsstand sah, traf es mich wie ein Schlag. Eine solche Unschuld sprang einfach ins Auge. Statt das Buch, das ich ihr entgegenhielt, zu nehmen und das kommerzielle Lächeln eines Menschen aufzusetzen, der etwas zu verkaufen hat, bohrte sie hingebungsvoll in der Nase, ohne sich um die missbilligenden Blicke der Vorübergehenden zu kümmern. Sofort kam eine Dame herbeigeeilt, bohrte ihr die Faust ins Kreuz und drückte ihr den Stift in die Hand. Mir war gleich klar, dass sie Schutz braucht.«

»Auf *Platzpatronen* steht nicht, dass sie … anders ist.«

»Darauf habe ich seit ihrem zweiten Buch geachtet. Ihre Behinderung als Verkaufsargument zu benutzen, fand ich abscheulich, umso mehr, als man sie sehr gut lesen kann, ohne um diese Besonderheit zu wissen. Als ich erreicht hatte, dass ihr Problem nicht mehr im Klappentext erwähnt wurde, wollte der Verlag ihr Foto auf den Umschlag drucken. Das wäre auf das Gleiche hinausgelaufen, Aliénors Gesicht sagt alles. Ich habe gegen dieses Vorhaben gekämpft.«

»Mit Erfolg offenbar.«

»Ja. Das Schwierigste war, mit ihr in Kontakt zu treten. Nicht dass sie ihre Adresse geheim gehalten hätte – sie kannte sie gar nicht! Also war ich gezwungen, ihr zu folgen. Und so kam ich hinter das Geheimnis: Ihr Verleger hatte sie allein mit einem Tonbandgerät in ein winziges Studio gesperrt. Eine Art Gefängniswärterin kam abends vorbei und hörte das Band ab, auf das Aliénor ihren nächsten Roman diktieren sollte. Wenn sie fand, dass die Gefangene gut gearbeitet hatte, ließ sie ihr viel zu essen da. Wenn nicht, dann nichts. Aliénor isst gern. Dabei begriff sie die Erpressung gar nicht.«

»Das ist wirklich abscheulich.«

»Am schlimmsten ist, dass ich es nicht verhindern konnte. Nach langem Suchen habe ich ihre Eltern aufgespürt, denen diese Verlagsgeier versichert hatten, ihre Tochter würde in Paris in Saus und Braus leben. Ich habe ihnen die Wahrheit gesagt. Sie waren bestürzt, haben mir aber gestanden, dass sie nicht mehr die Kraft hätten, sich um sie zu kümmern. Ich sagte, ich sei bereit, Aliénor bei mir aufzunehmen und auf sie aufzupassen. Glücklicherweise waren sie nicht so penibel. Ich hauste damals in einem unglaublichen Loch in der Goutte-d'Or – im Vergleich dazu ist unsere jetzige Wohnung, die wir von Aliénors Tantiemen gekauft haben, ein Palast. Und Sie nehmen Anstoß daran, dass wir keine Heizung haben! In der Goutte-d'Or hatten wir nicht nur keine Heizung, sondern noch nicht einmal fließend Wasser.«

»Und der Verleger hat sich nicht eingemischt?«

»Doch, natürlich. Aber die Eltern haben mir die Vormundschaft für ihre Tochter übertragen, was uns beide schützt. Ich sehe sie trotzdem nicht als mein Mündel, zumal sie drei Jahre älter ist als ich. In Wahrheit liebe ich sie, als wäre sie meine Schwester, selbst wenn es nicht immer leicht ist, mit ihr zu leben.«

»Anfangs dachte ich, Sie sind die Schriftstellerin.«

»Das ist lustig. Bevor ich Aliénor kennenlernte, glaubte ich wie jeder andere, schreiben zu können. Aliénors klare Prosa macht Lust darauf, selbst zu schreiben, es kommt einem so leicht vor. Seit sie mir ihre Texte diktiert, kann ich ermessen, wie weit ich von einer Schriftstellerin entfernt bin.«

»Sie diktiert Ihnen?«

»Ja. Mit der Hand zu schreiben fällt ihr sehr schwer. Und vor einer Tastatur ist sie wie gelähmt.«

»Ist Ihnen das nicht zu mühsam?«

»Das ist mein liebster Part. Solange ich ihre Texte

bloß las, war mir ihre Kunst nicht voll bewusst. Eigentlich sollte jeder Leser die Texte abschreiben, die er liebt – es gibt nichts Besseres, wenn man verstehen will, warum sie so großartig sind. Zu schnelles Lesen hindert an der Erkenntnis, was hinter der Einfachheit steckt.«

»Sie spricht so merkwürdig, ich kann sie sehr schlecht verstehen.«

»Das gehört zu ihrer Behinderung. Man gewöhnt sich aber an ihre Aussprache.«

»Woran leidet sie genau?«

»An einer sehr seltenen Form von Autismus, der Pneux-Krankheit. Ein Doktor Pneux hat diese Behinderung beschrieben, die allgemein als ›freundlicher Autismus‹ bezeichnet wird. Ein Problem der Pneux-Kranken ist, dass sie sich nie wehren – sie erkennen einen Angriff einfach nicht als solchen.«

Ich stutzte.

»Aber in ihrem Buch ...«

»Ja. Das liegt daran, dass Aliénor Schriftstellerin ist: Im Schreiben kann sie formulieren, was sie im Alltag nicht sieht. Andere Pneux-Kranke haben dieses Talent leider nicht.«

»Dann kommt ihr Talent also gar nicht von ihrem Problem.«

»Doch. Ihr Talent ist eine Art Immunabwehr, die sie ohne die Krankheit nicht entwickelt hätte. Mir widerstrebt die Theorie vom notwendigen Übel, aber man muss schon zugeben, dass Aliénor ohne ihre Behinderung nicht zu diesem Schreibstil gefunden hätte.«

»Und was gehört sonst noch zu Ihrer Rolle, außer dass Sie aufschreiben, was sie Ihnen diktiert?«

»Ich bin die Schnittstelle zwischen Aliénor und der Welt. Das ist eine ziemlich umfangreiche Aufgabe: Ich verhandle mit den Verlagen, ich achte auf ihre körperliche und geistige Gesundheit, ich kaufe ihr Essen, Kleidung, Bücher, ich wähle ihre Musik aus, gehe mit ihr ins Kino, koche für sie, helfe ihr dabei, sich zu waschen …«

»Kann sie das nicht selbst?«

»Für sie ist Schmutz ein amüsantes Phänomen, sie sieht nicht ein, warum sie sich waschen sollte.«

»Ich finde Sie sehr tapfer«, sagte ich, als ich mir besagte Säuberung vorstellte.

»Ich habe Aliénor viel zu verdanken. Ich lebe auf ihre Kosten.«

»Angesichts dessen, was Sie für sie tun, ist das nur gerecht.«

»Ohne Aliénor würde ich einem gewöhnlichen, langweiligen Beruf nachgehen. Dank ihr habe ich ein Leben, das diese Bezeichnung verdient; ich stehe zutiefst in ihrer Schuld.«

Ich war wie versteinert von ihrem Bericht. Ich

hätte ein solches Los wohl nicht ertragen. Und sie genoss es!

Ich fürchtete, sie könnte eine Art Heilige sein. Heilige üben eine erotische Anziehung auf mich aus, was nur daher kommt, dass sie mich irritieren. Das war es nicht, was ich für diese Frau empfinden wollte!

»Wie heißen Sie?«, fragte ich unvermittelt, um von so viel Seelengröße wegzukommen.

Sie lächelte wie jemand, der eine verdammt gute Karte im Ärmel hat.

»Astrolabe.«

Wären wir essen gewesen, hätte ich mich verschluckt.

»Das ist ja ein Männername!«, rief ich.

»Oh! Endlich jemand, der das weiß!«

»Astrolabius war der Sohn von Heloïse und Pierre Abaelard!«

»Stellt die EDF nur Gelehrte ein?«

»Wie sind Ihre Eltern denn auf die Idee gekommen, Sie so zu nennen?«

»Sie glauben wenigstens nicht von mir, dass ich mir ein Pseudonym zugelegt habe, um mich in Szene zu setzen.«

So war es. Ich wusste nur allzu gut, was für abwegige Namen Eltern ihren Kinder manchmal geben.

»Meine Mutter hieß Heloïse«, fuhr sie fort, »und mein Vater Pierre, wie Abaelard. Bis dahin ist alles halb so wild. Kurz nach meiner Zeugung wurde mein Vater zu einem fanatischen Anhänger Fidel Castros und verließ meine Mutter, um nach Kuba zu gehen. Mama tat so, als wäre Castrist für sie dasselbe wie Kastrat – Abaelard wurde ja nach der Geburt seines Sohnes Astrolabius entmannt –, und nannte mich Astrolabe, damit mein Vater, falls er zurückkommen sollte, gleich wüsste, was sie von ihm hielt. Er kam aber nie zurück.«

»Wer seinem Kind aus Rache einen bestimmten Namen gibt, macht ihm damit kein Geschenk.«

»Da bin ich ganz Ihrer Meinung. Trotzdem liebe ich meinen Namen.«

»Sie haben recht. Er ist wunderschön.«

Ich hätte mir gewünscht, dass sie meine Neugier teilte. Sie fragte mich aber nicht, wie ich hieß. Also fing ich selbst damit an. Nachdem ich ihr erklärt hatte, wer Zoilos war, schloss ich:

»Wir haben also etwas gemeinsam: einen hochtrabenden Namen, den unsere Eltern uns aus schuldhafter Gedankenlosigkeit gegeben haben.«

»So kann man die Dinge auch sehen«, sagte sie wie jemand, der ein Gespräch beenden möchte. »Aliénor wird jetzt wohl schon mit der Widmung fertig sein. Sie können ja mitkommen, um sich Ihr

Buch zu holen. Ich denke, ich habe genug von Ihrer wertvollen Zeit in Anspruch genommen.«

Nach dieser kalten Dusche begleitete ich sie nach Hause. Was hatte ich falsch gemacht? Gerettet hat mich Aliénor. Sie streckte mir das Buch mit freudiger, triumphierender Miene entgegen, und ich las folgende Widmung: »Für den Herrn, Küsschen, Aliénor.«

»Sie mag Sie«, bemerkte Astrolabe besänftigt.

Ich stand bei ihr wieder in Gnaden. Da ich mir ihre Gunst nicht gleich wieder verscherzen wollte, verabschiedete ich mich und beschloss, aus Dankbarkeit Aliénor Malèzes Werk mit größter Aufmerksamkeit zu lesen.

Astrolabe … natürlich mache ich das für sie, wenn ich mich jetzt auf die Entführung eines Flugzeugs vorbereite. Sie wäre von dieser Idee entsetzt. Egal – es gibt Frauen, die man gegen ihren Willen lieben, und Taten, die man gegen seinen Willen begehen muss.

Zu behaupten, ich wäre, wenn ich mit meiner Liebe Erfolg gehabt hätte, nicht zum Sonntags-Hijacker geworden, ginge allerdings zu weit. Zuallererst, weil ich gar nicht weiß, was Erfolg in der Liebe bedeutet. Wann kann man eine Liebesgeschichte als Erfolg ansehen? Dann aber auch, weil ich selbst bei einer unzweifelhaft erfolgreichen Liebesgeschichte nicht dafür garantieren könnte, dass ich den Sonntag nicht dieser Operation widmen würde.

Sobald Astrolabe erfährt, was ich getan habe, wird sie mich verachten, mich hassen, den Tag unserer Begegnung verfluchen, meine Briefe vernichten oder, schlimmer noch, zur Polizei bringen. Immerhin habe ich die Gewissheit, dass kein Mann ihre Gedanken so sehr beschäftigt haben wird wie ich. Das ist schon mal nicht schlecht.

Ich weiß nicht, was Erfolg in der Liebe ist, aber eines weiß ich: Es gibt in der Liebe keinen Misserfolg. Das ist ein begrifflicher Widerspruch. Liebe zu empfinden ist an sich schon ein Triumph – warum sollte man mehr wollen?

Ohne dass bei mir Anorexie diagnostiziert worden wäre, erlebte ich mit sechzehn das Verschwinden meines Appetits. Innerhalb von zwei Monaten verlor ich zwanzig Kilo. Ein Junge von einem Meter fünfundsiebzig und vierzig Kilo ist ein abstoßender Anblick. Das dauerte ein halbes Jahr, dann fing ich wieder an zu essen. Das Phänomen war insofern bemerkenswert, als es mir das Wunder der Möglichkeiten offenbarte, deren ich beraubt war, so auch der fabelhaften Fähigkeit, eine andere Person zu einem strahlenden Kristall zu machen.

Dank dieser sechs Monate absoluter Frigidität kann ich nie mehr vergessen, dass die schlichte Wirklichkeit des Liebesgefühls eine Gnade ist, ein Zustand absoluter Wachheit, der jede andere Wirklichkeit aufhebt.

Die bestellten Bücher erwarteten mich in der Buchhandlung, und ich nahm sie mit nach Hause. Ich las, bis mir die Leseorgane platzten, die bei diesen Romanen schwer zu bestimmen waren. Dass man sämtliche Werke einer Autorin verschlingt, um deren Begleitung zu erobern, ist doch recht außergewöhnlich. Anschließend schrieb ich eine Epistel an Mademoiselle Malèze, dergestalt, dass sie diese zwangsläufig mit ihrer Beschützerin zusammen lesen würde. Unten auf der Seite vermerkte ich meine Adresse und Telefonnummer, und das Wunder geschah: Astrolabe rief mich an.

»Was für ein Brief«, sagte sie bewundernd.

»Er ist bloß Ausdruck meiner Begeisterung.«

»Aliénor hat mich gebeten, ihn ihr vorzulesen – sie wollte sichergehen, dass ihre Augen sie nicht täuschten.«

»Aus demselben Grund wünschte ich mir, dass Sie mir ihre Bücher vorlesen.«

Ich hörte sie am anderen Ende lächeln.

»Ob die EDF es wohl gestatten würde, wenn wir Sie zum Tee einladen, ohne dass etwas mit der Heizung ist?«

Am folgenden Samstag war ich um 17 Uhr dort. In Gesellschaft der Dame meines Herzens und einer bekloppten Autorin Tee zu trinken erwies sich als eine vielschichtige Erfahrung.

Die Kälte, die in der Wohnung herrschte, war kaum weniger schlimm als beim letzten Mal.

»Sie benutzen meinen Heizstrahler nicht«, stellte ich fest.

»Verpetzen Sie uns doch bei der EDF! Ich bitte Sie

lieber nicht, den Mantel abzulegen. Besser, Sie nutzen die Wärme, die Sie darunter angesammelt haben. Glauben Sie mir, wir kennen uns damit aus.«

Ich hatte eine Schachtel Macarons von Ladurée mitgebracht. Astrolabe schenkte mir Tee ein und bot mir eine an. Ich spürte, dass das ein Befehl war.

»Jetzt oder nie«, ergänzte sie.

Ich verstand sie besser, als die Ladurée-Schachtel in Aliénors Händen gelandet war: Nach ein paar verzückten Grunzern schob sie sich die Makronen nacheinander in den Mund. Ich hatte mich für eine Auswahl von etwa zwanzig verschiedenen Geschmacksrichtungen entschieden. Bei jedem neuen Geschmackserlebnis trompetete Aliénor, packte Astrolabe am Arm, um ihre Aufmerksamkeit zu erringen, und riss den Mund auf, um ihr die Farbe der Makrone zu zeigen, die für ihre Ekstase verantwortlich war.

»Ich hätte die Dreißiger-Schachtel nehmen sollen«, bemerkte ich.

»Dreißig, vierzig, sie würde sie sowieso alle aufessen. Nicht wahr, Aliénor?«

Die Schriftstellerin nickte begeistert. Als sie fertig war, betrachtete sie hingerissen den jadegrünen Karton; meine Fragen zu ihren Büchern schienen sie nicht zu erreichen.

»Aliénor antwortet nicht auf Fragen zu ihrem

Werk«, erläuterte Astrolabe. »Sie kann das Prinzip der Textinterpretation nicht verstehen.«

»Da hat sie recht.«

Es war mir ein bisschen unangenehm, in ihrer Gegenwart von ihr in der dritten Person zu sprechen – wobei ihre Gegenwart relativ war: Sie hörte uns nicht zu.

»Hat sie meinen Brief wirklich gelesen?«, forschte ich nach.

»Natürlich. Seien Sie nicht enttäuscht, Aliénor versteht Komplimente. Einmal habe ich ihr zu einem ihrer Absätze einen ganzen Kranz von Elogen geflochten, und sie schloss die Augen. Ich fragte: ›Was ist das denn für eine Reaktion?‹ Und sie gab mir zur Antwort: ›Ich kuschle mich in deine Worte.‹«

»Das ist hübsch.«

»Außerdem freue ich mich über Komplimente, die Aliénor bekommt.«

Ihre Bemerkung stieß nicht auf taube Ohren. Ich feuerte noch ein paar Lobessalven auf den Stil der Autorin ab. Vielleicht übertrieb ich ein wenig, aber es diente ja einem guten Zweck. Astrolabe machte kein Hehl aus der Freude, die sie empfand. Es war ein hinreißender Anblick.

Als meine Vorstellung zu Ende war, applaudierte meine Holde.

»Sie sind der beste Laudator, den ich kenne. Aliénor ist begeistert.«

Da hatte ich meine Zweifel: Die Nase auf dem Ladurée-Emblem, widmete die Dichterin ihre Kraft dem Schielen.

»Es kommt eben von Herzen«, behauptete ich.

»Sie sind ein weitaus begnadeterer Kritiker als der Kerl, dessen Namen Sie tragen.«

»Das tröstet mich«, sagte ich, verblüfft, dass sie meine Worte behalten hatte.

»Wie sind Sie bei der EDF gelandet?«

Entzückt von ihrem Interesse an meiner Person, begann ich mit einem biographischen Abriss über einen, der für Philologie schwärmt, aber keine Lust hat, Lehrer zu werden. »1996 stellte die EDF, damals auf dem Gipfel ihrer Macht, einen Werbeetat für einen Band literarischer Novellen über unbekannte Nutzungsarten elektrischen Stroms zur Verfügung. So wurde ich mit neunundzwanzig Herausgeber. In einem Verlag hätte mich diese Position in den Olymp befördert; bei der EDF wirkte ich eher fehl am Platz. Als die EDF den Etat wieder strich, bat ich darum, nicht entlassen zu werden. Also hat man für mich diesen ruhigen Posten geschaffen, den ich bis heute besetze.«

»Das ist ein schöner Beruf«, fand Astrolabe. »Da lernen Sie alle möglichen Leute kennen.«

»Ich habe mehr mit namenlosem Elend zu tun, mit Ausländern, die fürchten, dass ich sie abschieben will, mit Sozialfällen, die ihre Armut wie einen Vorwurf vor sich hertragen, mit Schriftstellerinnenassistentinnen, denen mein Mitgefühl auf die Nerven geht.«

Sie lächelte. Aliénor verlangte nach Tee. Sie kippte Tasse um Tasse in sich hinein. Jetzt wurde mir klar, warum Astrolabe so eine Riesenkanne genommen hatte.

»Aliénor macht keine halben Sachen«, erläuterte sie. »Wenn sie Tee trinkt, dann bis zum *finish*.«

Das Ergebnis ließ nicht auf sich warten. Aliénor ging zum Klo, kam wieder, verschwand, kam zurück usw. – ein interessanter Fall von Perpetuum mobile. Jedes Mal, wenn sie weg war, nutzte ich die Gelegenheit, um Terrain zu gewinnen.

Ich sagte: »Ich würde Sie so gern wiedersehen.«

Oder: »Sie lassen mir keine Ruhe.«

Oder: »Auch mit drei Parkas übereinander sind Sie noch zart und anmutig.«

Oder ich nahm einfach ihre Hand.

Doch da Aliénor immer zu schnell wiederkam, hatte Astrolabe nie die Zeit, das Stadium der Verlegenheit zu überwinden und mir eine Antwort zu geben.

Ich hätte der unvermeidlichen Schriftstellerin am

liebsten vorgeschlagen, sich doch gleich für eine Stunde auf dem Lokus niederzulassen: Wozu kam sie ins Zimmer zurück, wenn sie doch gleich wieder ging? Ich unterstellte ihrer Person eine gewisse kindliche Perversität.

»Sie reden nicht viel«, sagte ich schließlich zu Astrolabe.

»Ich weiß nicht, was ich sagen soll.«

»Verstehe.«

»Nein, Sie verstehen nichts.«

Ich schrieb meine Adresse auf einen Zettel. Die hatte sie schon, das wusste ich, aber man kann ja nie umsichtig genug sein.

»Vielleicht finden Sie eine Antwort, wenn Sie mir schreiben«, sagte ich noch, bevor ich ging.

Sich im Winter zu verlieben ist keine gute Idee. Die Symptome sind grandioser und schmerzhafter. Das reine Licht begünstigt den krankhaften Genuss der Erwartung. Kälteschauer steigern das Fieber. Wer sich zum Luciafest verliebt, zittert und bebt drei Monate lang.

Andere Jahreszeiten kokettieren mit kleinen Nettigkeiten wie Knospen, Beeren, Blättern, auf die sich die Seele stürzen kann. Die Nacktheit des Winters bietet keine Zuflucht. Trügerischer als Luftspiegelungen in der Wüste ist die berühmte Kälte-Fata-Morgana, die Oase am Polarkreis, ein durch Minusgrade erzeugter Skandal der Schönheit.

Gemeinsam ist dem Winter und der Liebe, dass sie den Wunsch wecken, über diese Prüfung hinweggetröstet zu werden; das zufällige Zusammentreffen beider Phasen schließt Tröstung aus. Will man die Kälte durch Wärme lindern, wirkt das obszön auf die Liebe. Will man die Leidenschaft lindern, indem man frische Luft hereinlässt, bringt man sich in Rekordzeit ins Grab.

Meine Kälte-Fata-Morgana hieß Astrolabe. Ich sah sie überall. Die endlosen Winternächte, die sie zitternd in ihrem Loch verbrachte, durchlebte ich im Geiste mit ihr. Liebe duldet keinen Dünkel. Statt mir vorzustellen, wie meine Glut ihren Körper erhitzte, eilte ich mit der Dame meines Herzens die Grade abwärts, und die eisige Verbrennung, die wir gemeinsam erreichten, kannte keine Grenzen.

Die Kälte war keine Bedrohung mehr, sondern eine gebieterische Macht, die uns belebte und in ihrem Namen sprach: »Ich bin die Kälte und beherrsche das Universum. Der Grund dafür ist so einfach, dass noch keiner dahinterkam: Ich brauche es, dass man mich spürt. Das ist das Bedürfnis jedes Künstlers. Doch keiner ist darin so erfolgreich wie ich: Alle Welt, jede Welt spürt mich. Ich werde weiterbrennen, wenn die Sonne und die anderen Sterne erloschen sind, und alle Toten und alle Lebenden werden meine Umarmung fühlen. Gleich welches Schicksal der Himmel bereithält – die einzige Gewissheit ist, dass ich das letzte Wort haben werde. So viel Hochmut verhindert die Demut nicht: Wenn man mich nicht spürt, bin ich nichts, ohne das Zittern der anderen existiere ich nicht, denn auch die Kälte braucht Brennstoff, mein Brennstoff ist euer Leiden von Ewigkeit zu Ewigkeit.«

Ich ertrug die Kälte tapfer, nicht nur, um das Schicksal meiner Liebsten zu teilen, sondern auch als Hommage für die große Universalkünstlerin.

Was ich da geschrieben habe, verblüfft mich: Da ergibt sich einer, der in wenigen Stunden ein Flugzeug mit einer Hundertschaft Passagieren in die Luft jagen wird, der leidenschaftlichsten Lyrik, sobald er Gelegenheit hat, seine letzten Gedanken zu formulieren.

Wozu so ein Attentat, wenn es doch nur Anlass ist, daherzupoetisieren wie ein Lamartine? Bei genauerer Betrachtung erweist sich vielleicht Folgendes als Schlüssel: Man hofft, durch direkte Aktion eine Männlichkeit zu erlangen, die einem fehlte. Und dieses Missverständnis wird durch das weitere Schicksal des Kamikazes noch perpetuiert. Ungebildete Mütter brüsten sich: »Mein Sohn war keine Memme, er hat eine Boeing der Pan Am entführt!« Nur gut, dass meine Notizen mit mir untergehen werden, denn mit dieser Art von Geheimnis gibt man besser nicht an.

Natürlich ist es Astrolabe, die ich beeindrucken will. Ich weiß schon, dass es mir nicht gelingen wird, also komme ich meinem Scheitern mit stumpfem Heldenmut zuvor. Manchmal muss man handeln, obwohl man die Gewissheit hat, nicht verstanden zu werden.

Es ist 10.45 Uhr. Ich bin froh, dass ich noch etwas Zeit habe, denn während ich diesen Bericht schreibe, spüre ich mich. Es ist ein absurd übertriebener Anspruch, sich wohl zu fühlen, wenn man sich schon so selten überhaupt fühlt. Schreiben beansprucht einen bedeutenden Teil des Körpers – es ist eine physische Anwendung des Denkens. Seit ein paar Wochen weiß ich, dass ich einen Aircrash provozieren werde, und organisiere die ganze Angelegenheit. Neu ist, dass ich darüber schreibe. Und darüber zu schreiben ist sehr viel stärker, als sich etwas bloß auszudenken.

Am besten wäre es, all das danach zu schreiben. Leider geht das aus dem Jenseits nicht. Das wird allgemein bedauert. Und da es mit Sicherheit keine Überlebenden geben wird, wird niemand berichten können, wie ich mich angestellt habe.

Die sind wirklich nervig mit ihren sinnlosen Sicherheitsvorkehrungen. Es wird immer einen Weg geben, ein Flugzeug zu entführen, egal, was sie verbieten. Die einzig wirksame Vorsichtsmaßnahme bestünde darin, den Flugverkehr ganz abzuschaffen. Jeder Terrorist träumt doch nur davon, irgendwie an diese großartigen fliegenden Apparate heranzukommen. Zug-, Bus- oder Disco-Terrorismus ist läppisch. Der Terrorist strebt automatisch gen Himmel – die meisten Kamikazes sogar in zweifacher Hinsicht, weil sie ihren Aufenthalt im Jenseits schon vor sich sehen. Bodenterrorist, das hat etwas von Süßwasserkapitän.

Kein Terrorist hat je ohne Ideal gehandelt. Dass die wolkige Idee bloß ein Vorwand ist, ändert daran nichts: Ohne Vorwand keine Tat. Der Terrorist braucht diese illusorische Legitimation, besonders als Kamikaze.

Das Ideal, ob religiös, nationalistisch oder sonst was, nimmt stets die Form des Wortes an. Zu Recht sagt Koestler, dass die meisten Toten auf Erden von Worten gefordert wurden.

Wer einen Brief von einem geliebten Menschen erwartet, kennt die Macht der Worte über Leben und Tod. Mein Fall wurde dadurch erschwert, dass Astrolabe mir lange nicht schrieb. Mein Leben hing von Worten ab, die noch nicht existierten, von der Wahrscheinlichkeit von Worten – Quantenphysik, aufs Briefliche angewandt. Hörte ich zu der Zeit, in der die Hausmeisterin gewöhnlich die Post verteilte, indem sie sie unter den Türen durchschob, Schritte auf der Treppe, erlebte ich die Trance des Mystikers angesichts der göttlichen Prüfung. Sobald ich die Sendung als Rechnung oder Werbung identifiziert hatte, erfuhr ich die Zurückweisung, die brutale Verweigerung Gottes, dem ich sogleich seine Nichtexistenz vorwarf.

Hätte ich nicht in einem Mietshaus gewohnt, hätte ich diese theologische Erfahrung, die mit dem Geräusch von Schritten verknüpft war, nicht machen können. Wer selbst zum Briefkasten gehen muss, lernt dieses Privileg nie kennen. Zweifellos schlägt auch dessen Herz heftig, wenn er den Briefkasten öffnet. Aber das Schicksal auf der Treppe zu hören, ruft unvergleichliche Gefühle hervor.

Ende Januar ereignete sich das Wunder: Ein von Hand beschrifteter Umschlag glitt unter der Tür herein. Meine Hände zitterten so stark, dass ich mich am Brieföffner verletzte. Als ich mit dem Lesen anfing, blieb mir die Luft weg, und als ich fertig war, hätte ich den Atemstillstand am liebsten verlängert. Nicht dass der Inhalt mir missfallen hätte; bei der Hälfte der Sätze wäre ich vor Freude fast gestorben, die andere Hälfte war wie ein Schlag auf den Kopf.

Ich kenne den Text des Briefes auswendig. Ihn hier zu wiederholen würde mich zu sehr erschüttern. Sie könne der Verwirrung, die ich in ihr auslöste, nicht nachgeben, schrieb Astrolabe. Die Sorge um Aliénor sei ein Priesteramt, das ein Liebesleben unmöglich mache. Die Schriftstellerin zu verlassen käme einem Todesurteil für diese gleich.

Ich verwirrte sie ... das hätte ich nicht zu hoffen gewagt. Und doch war diese Nachricht schlimmer als jede Zurückweisung: Mein Ideal war in greifbarer Nähe, und eine Schwachsinnige riss es mir aus der Hand. Der Grund war edel und unanfechtbar, aber ich konnte es nicht begreifen. Am liebsten hätte ich die Bekloppte erwürgt, dann wäre ein für alle Mal Schluss gewesen. So mussten wir uns also für diesen Abschaum der Menschheit opfern! War ihr überhaupt bewusst, welches Glück sie hatte, mit diesem Engel zusammenzuleben? Wo sie doch schon von einem Topf Püree begeistert war!

Ich antwortete umgehend. Meine hasserfüllten Gedanken bezüglich der Blöden verschwieg ich lieber – aus Klugheit; hätte ich nur einen Bruchteil davon verlauten lassen, hätte mich Astrolabe aus der Liste ihrer Bekannten gestrichen. Ich schrieb, dass Liebe nach Liebe rufe. Sie müsse sich nicht zwischen ihrer Liebe zu Aliénor und meiner Liebe zu ihr entscheiden. Wir könnten doch alle drei zusammenleben. Und ich würde ihr bei der Betreuung helfen und ihr einen Teil der Arbeit abnehmen.

Während ich hektisch Satz um Satz formulierte, versuchte ich mich davon zu überzeugen, dass das auch wirklich mein Wunsch sei. Es war offensichtlich, dass ich mich selbst belog: Die Dame meines Herzens mit einer Verrückten zu teilen war ungefähr das Letzte, was ich mir wünschte. Ich malte mir groteske Szenen aus: wie meine Intimitäten mit Astrolabe durch weiß Gott welche Krise der Gestörten unterbrochen wurden; ein Diner bei Kerzenlicht mit Aliénor als Dritter am Tisch, die die Leckereien in sich hineinstopfte, ohne dass wir dazu kamen, auch nur davon zu kosten; ihre Popel auf meinen Hemden; wie Astrolabe, zu müde, ihre Freundin zu waschen, mich bat, sie zu vertreten; die Irre nackt in der Badewanne mit Plastikentchen –

nein, so weit ging meine Seelengröße nicht. Ich war wie alle: Ich hatte Angst vor Irren. Und fühlte mich unfähig, diese primitive Furcht zu überwinden.

Diesmal ließ der Brief von Astrolabe nicht auf sich warten. Sie setzte mir auseinander, wie unrealistisch mein Vorhaben sei – nachdem ich ja so getan hatte, als wüsste ich das nicht. Das Zusammenleben mit einer Person wie Aliénor, schrieb sie, beinhalte Pflichten und Prüfungen, die ich mir gar nicht vorstellen könne. Und die Anwesenheit eines Dritten wäre keineswegs hilfreich, vielmehr würde sie alles erschweren.

Dieser Satz traf mich mitten ins Herz: Der Dritte war ich. Was hatte ich auch anderes erwartet? Die Verbindung zwischen den beiden Frauen würde immer den Sieg davontragen. Mit einem Schlag verspürte ich eine mörderische Eifersucht auf die Bekloppte. Am liebsten wäre ich an ihrer Stelle gewesen. Sie litt ja nicht unter ihrer Störung, sondern ich. Was hinderte mich also daran, es ihr gleichzutun? Ich hätte genauso gut die Idioten-Rolle übernehmen können, als leidenschaftlich Verliebter war ich davon ohnehin nicht weit entfernt. Wenn Astrolabe das gefiel …

In einem Zustand fortgeschrittener Raserei schrieb ich ihr eine verworrene Epistel – und bin im Nachhinein froh darüber, dass deren Sinn unklar blieb: Sie habe nicht das Recht, solche Entbehrungen auf sich zu nehmen. Nicht, dass ich vermessenerweise glaubte, ihr Leben wäre verpfuscht, wenn sie meine Liebe verschmähte. Aber sie könne doch die Gebote wenn schon nicht des Körpers, so doch der Seele und des Herzens nicht einfach verleugnen! Seit wie langer Zeit hatte sie dieses wirre Gestammel nicht mehr gehört, ohne das doch keiner leben will? Ich wollte mich ihren Bedingungen unterwerfen. Egal wie sie aussähen, ich würde den Rahmen akzeptieren, den sie für unsere Treffen vorgäbe. Und ich würde Mittel und Wege finden, sie glücklich zu machen, und ihr Glück würde auf Aliénor abfärben (was mir herzlich egal war, nur ließ ich dieses Detail unerwähnt). Ich hätte begriffen, dass wir nicht zusammenleben könnten, aber sehen könnten wir uns doch trotzdem.

Ich warf den Brief in ihren Briefkasten, damit sie ihn schneller hatte. Auf dem Weg dorthin fragte ich mich, wieso es für mich so außerhalb jedes Zweifels stand, dass sie, von der ich so gut wie gar nichts wusste, die Frau meines Lebens war. Das hatte ich noch nie von jemandem gedacht. Ich liebte sie mehr, als ich ihr sagte.

Danach schloss ich mich in der Hoffnung, sie würde mir auf dem gleichen Weg antworten, zu Hause ein. Um noch mehr zu leiden, hörte ich

Schuberts *Der Tod und das Mädchen* in Endlosschleife. Und bereute, dass ich nicht rauchte: Es ist doch irgendwie stimmiger, wenn der Rauch die Lunge auffrisst, während die Sehnsucht den Rest verzehrt. Nur: Jedes Mal, wenn ich mir eine Zigarette anzünden wollte, fand ich das so schwierig wie ein Flugzeug zu fliegen.

Was ich da geschrieben habe, ist Unsinn: Ein Flugzeug zu fliegen ist sehr viel einfacher als zu rauchen. Es ist schon mal weniger verboten. Nirgendwo steht: »Bitte nicht fliegen.« Dazu kommt: Wenn man jemanden kennenlernt und sagt, man sei Raucher, runzelt der andere die Stirn; sagt man dagegen, man sei Linienpilot, trägt einem das Achtung ein.

Bald werde ich Gelegenheit haben, der ganzen Welt zu zeigen, dass ein nichtrauchender Philologe, der im Sozialdienst der EDF arbeitet, in der Lage ist, ohne Unterstützung durch das Bordpersonal eine Boeing ins Ziel zu fliegen. Aber wir wollen nicht vorgreifen. Ich wiederhole hier lieber die Nachricht, die ich erhielt:

Zoïle,
wir sehen uns also in Aliénors Wohnung,
in ihrem Beisein.

Astrolabe

Obwohl diese Worte ebenso eisig waren wie der Ort, an dem ich sie sehen durfte, erfüllten sie mich mit Freude. »In ihrem Beisein«: Da Astrolabe mich natürlich nicht zu einem Dreier einlud, hieß das, ich brauchte mir in der bewussten Nebensache keinerlei Hoffnungen zu machen. Das hatte ich zwar erwartet, trotzdem war es keine gute Nachricht. Immerhin würde ich sie sehen. Ich würde die Dame meines Herzens sehen. Sie erlaubte es mir. War das nicht Grund genug, der glücklichste aller Männer zu sein? Ich eilte zu ihr, um zu sehen, was in diesem »Sehen« enthalten war.

Ich sah: Dieses »Sehen« bedeutete gesehen werden. Der erste Kuss, den ich mir so himmlisch vorgestellt hatte, wurde in dem Moment reizlos, da ich erkannte, dass Aliénor uns beobachten würde. Sie sah nicht ein, warum sie uns nicht mit den Augen verschlingen sollte.

Ich fragte Astrolabe, ob das immer so war, wenn sie einen Verehrer hatte. Sie antwortete mir, ich sei ihr erster Liebhaber, seit sie über das Wohlergehen der Schriftstellerin wachte. Der Blick der Gestörten fraß den Stolz, den dieses Geständnis in mir hervorrief, gleich wieder auf.

»Könnte sie nicht woanders hinschauen?«, fragte ich.

»Das solltest du besser sie fragen.«

Ich holte tief Luft und sprach so sanft wie möglich zu der Bekloppten:

»Aliénor, stellen Sie sich vor, Sie wären das. Würde es Sie nicht stören, in einem solchen Moment beobachtet zu werden?«

Anscheinend hatte ich mich vollkommen unverständlich ausgedrückt. Im Gesicht der Kreatur zeichnete sich brunnentiefes Erstaunen ab.

»Aliénor hatte noch nie einen Geliebten«, erklärte Astrolabe.

»Aber Sie könnten doch mal einen haben, nicht wahr?«

Meine Liebste räusperte sich. Anscheinend war mein Verhalten unangemessen. Ich umarmte sie noch einmal, aber mehr, um Haltung zu zeigen, als aus echtem Verlangen. Die Schriftstellerin kam näher an uns heran, um uns besser beobachten zu können. Ich sah ihre großen Augen auf mir ruhen und unterbrach alle Galanterien.

»Ich kann nicht«, sagte ich, »ich kann nicht!«

»Aliénors Blick ist rein«, protestierte Astrolabe.

»Das will ich gern glauben. Es ändert aber nichts. Tut mir leid.«

»Schade, mir hat es gefallen«, bedauerte sie.

»Stört dich der Blick eines Dritten nicht?«

»Sie duzen mich ja!«, freute sie sich.

»Ja. Und du mich jetzt auch, ja?«

»Gut. Dann musst du aber auch Aliénor duzen.«

Ich runzelte die Stirn. Gab es vielleicht eine Identitätsvermischung zwischen den beiden Frauen? Das wäre eine Erklärung dafür, dass der Voyeurismus der Bekloppten meine Liebste nicht irritierte.

Ich unternahm verschiedene Annäherungsversuche, um diejenige umzustimmen, die mich am Ausleben einer Beziehung hinderte, auf die ich kaum zu hoffen gewagt hatte.

»Ich habe all deine Bücher gelesen«, sagte ich zum Beispiel. »Sie sind raffiniert und beweisen deine überlegene Intelligenz. Warum benimmst du dich dann so, wenn ich mit Astrolabe zusammen bin?«

Verblüffung der Schriftstellerin. Schweigen.

»Aliénor versteht die Dinge nur in dem Moment, in dem sie sie schreibt.«

»Sehr gut. Könntest du nicht schreiben, während ich mit Astrolabe zusammen bin?«

Schweigen. Sie erwartete stets, dass meine Liebste an ihrer statt antwortete.

»Aliénor schreibt nicht. Sie diktiert mir.«

Das führte zu nichts.

Ich hätte ein langes Gespräch mit der Dame meines Herzens gebraucht, in dem sie mir ihre Vorstellung von unserer Beziehung erläuterte. Doch die ständige Anwesenheit ihrer neugierigen Freundin verhinderte jede vertraute Unterredung. Andererseits hatte ich versprochen, mich ihren Bedingungen zu beugen, und das konnte ich nicht widerrufen, ohne damit die Beziehung zu beenden. Und eine Trennung fürchtete ich am meisten.

Ich nahm also das einzig denkbare Verhalten an, indem ich lernte, das Wenige zu genießen, das sie mir gab. Jeden Abend nach der Arbeit ging ich in die Polarwohnung, um mit den beiden Frauen zu essen; ich zwang mich, nicht zu bemerken, wie Aliénor Spinat aß, und erzählte Astrolabe, die mir freundlich zuhörte, die Neuigkeiten des Tages, dann ging ich mit ihr zum Sofa, wo unsere Umarmungen von den Lupenaugen der Gestörten aufgesogen wurden. Wie ein Verlobter früherer Zeiten verabschiedete ich mich gegen 23 Uhr und fuhr mit der Metro nach Hause, unglücklich, frustriert und verfroren.

Am Wochenende kam ich schon morgens. Ich war bei den Diktatsitzungen dabei, die mich lehrten, die Schriftstellerin zu bewundern, und meine Hochachtung für ihre aufopfernde Assistentin weiter steigerten. Aliénor sprach wie das Orakel von Delphi, wobei ihre pythische Prosa mal langsamer floss, mal aus ihr hervorbrach. Ich verstand nicht ein Wort von dem, was aus ihrem Mund kam, nicht einmal, in welcher Sprache sie sprach. Anfangs dachte ich, Astrolabe übersetze simultan, doch sie versicherte mir, dass das nicht der Fall sei: Wortgetreu notiere sie die Höhenflüge der Dichterin. Ich lobte ihr exzellentes Gehör.

»Eine Frage der Gewohnheit«, sagte sie.

»Ich wünschte, die Amerikaner könnten euer Tandem sehen! Sie belächeln die europäische Idee der literarischen Schöpfung und behaupten, wir würden irrational theologisch, wenn es um Inspiration gehe, obwohl wir sonst durch und durch materialistisch seien. Also beharren sie im Gegensatz zu uns darauf, dass man Schreiben lehren kann.«

»Schreiben kann man nicht lehren, aber lernen. Aliénor hat ihren Stil auch nicht auf Anhieb gefunden. Sie hat lange an ihrem Handwerkszeug gefeilt, indem sie noch mehr gelesen hat als geschrieben.«

Die Bekloppte las viel, nur leider nie in unserer Gegenwart. Sie verhehlte nicht, dass sie uns viel interessanter fand als das, wovon sie für gewöhnlich zehrte. In Wahrheit beobachtete sie uns nicht: Sie las uns.

Die Dame meines Herzens erstellte Einkaufslisten, die ich für sie erledigte. Äußerst selten, wenn sie dachte, sie habe zu viele Artikel aufgeschrieben, ging sie mit. Dann erlebte ich schwindelerregende Momente im Supermarkt, der mir wie ein idyllisches Boudoir vorkam, in dem Menschen von erlesenem Zartgefühl uns nicht begafften, wenn ich meine Liebste umarmte. Ich dehnte unsere Schäferstündchen am Weinregal so lange wie möglich aus, doch irgendwann kam der Moment, in dem Astrolabe mich mit den Worten unterbrach: »Aliénor wird sich Sorgen machen.«

Dazu hätte es zu viel zu sagen gegeben, also schwieg ich. Und war trotzdem glücklich, denn alles war besser, als ohne diese Frau zu sein.

Ganz gleich, wie unsere Zeit miteinander verlief, abends, wenn ich sie verlassen musste, litt ich jedes Mal. Selbst die gute, einhüllende Wärme der Metro konnte mich nicht trösten. Ich fror lieber mit Astrolabe.

Der Winter nutzte das aus, er wurde doppelt so hart und nistete sich in der Wohnung ein. Doch sosehr ich auch darauf pochte, dass ich doch etwas tun könnte, meine Liebste blieb unerbittlich, was die Heizung betraf. Sie könne sich das nicht leisten, und nein, sie erlaube mir nicht, die Rechnung zu übernehmen. »Ich hätte sonst das Gefühl, du liebst mich nur aus Barmherzigkeit.«

»Ich denke dabei gar nicht an dich, sondern an mich. Ich erfriere.«

»Ach! Wenn du mich in die Arme nimmst, glühst du.«

»Alles ist relativ – ich bin nur nicht so kalt wie du.«

Astrolabe trug ständig drei Parkas und mehrere Hosen übereinander – eine furchterregende Keuschheitsrüstung, unter der ihr Körper ein Rätsel blieb. Ich kannte nur ihre zarten Hände und ihr schmales Gesicht; wenn ich sie küsste, war ihre Nase so eisig, dass mir die Lippen weh taten.

Den Moment der Trennung fürchtete ich. Kaum hatte die Tür sich hinter mir geschlossen und mich in meine Nacht entlassen, passierte ich einen Feuerring und gelangte in eine andere Welt. In Abwesenheit meiner Liebsten hegte ich grauenhafte Gedanken. Die Regeln, die sie aufgestellt hatte, entfachten eine mörderische Wut in mir. Ich wusste, dass das ungerecht war, weil ich mich ja mit allem einverstanden erklärt hatte. Doch der Hass blieb und wuchs über seinen Gegenstand hinaus. Die zwei

Frauen nahmen viel zu wenig Raum ein, um so viel Groll auf sich zu ziehen.

So wurde mein Hass bald zu dem, was er heute ist: eine Ablehnung der ganzen Gattung, mich eingeschlossen. Auch deshalb wäre mir ein Selbstmord zu wenig: Mein Zerstörungswerk muss eine angemessene Zahl von Menschen einschließen und eine der Errungenschaften, auf die der Mensch so stolz ist.

Das ist meine Logik: Astrolabe ist bei weitem das Beste, was ich auf diesem Planeten angetroffen habe. Sie hat keine guten Eigenschaften, sie ist die Güte an sich. Dennoch hat sie sich mir gegenüber grausam und kastrierend verhalten. Wenn aber selbst das Prunkstück der Menschheit nicht mehr taugt, sollte man mit der Gesamtheit aufräumen.

Verglichen mit der Apokalypse, die dafür nötig wäre, ist meine Tat sowieso nur ein Klacks: Ich werde nicht mehr als ein Bauwerk und um die hundert Personen vernichten. Von einem einzelnen Anfänger ist nicht mehr zu erhoffen. Möge mein erster Versuch mein Meisterstück sein!

Aber ich greife schon wieder vor.

Da Aliénor laut und deutlich verkündet hatte, dass sie sich für ihr »großes Geschäft« zurückziehen wolle, ergriff ich die Gelegenheit, meiner Liebsten endlich zu sagen, was mir auf dem Herzen lag.

»Wenn sie schläft, braucht sie dich nicht. Dann könntest du zu mir kommen.«

»Das haben wir doch schon besprochen.«

»Ich weiß. Aber die Sehnsucht ist unerträglich geworden!«

»Das war vorherzusehen. Ich habe dich gewarnt.«

»Würdest du mich so begehren wie ich dich, könntest du nicht so mit mir reden.«

Sie seufzte. In solchen Momenten hasste ich sie ebenso sehr, wie ich sie liebte.

»Sag etwas!«, begehrte ich auf.

»Dann muss ich mich wiederholen: Wir werden uns stets in Gegenwart Aliénors sehen.«

»Gut, gehen wir zu ihr aufs Klo.«

»Sei nicht vulgär, Zoïle.«

»Ich will dir nur die Absurdität deiner Regel vor Augen führen.«

»Dura lex sed lex.«

»Nichts hindert dich, die Regel zu ändern.«

»Ich habe Aliénor geschworen, sie nie allein zu lassen.«

»Tausend zu eins, dass sie den Schwur vergessen hat.«

»Aber ich nicht.«

In diesem Augenblick packte mich eine solche Mordlust, dass ich nicht mehr wusste, wohin mit mir. Da kam mir eine Idee, die mich zumindest für den Moment rettete:

»Die Regel gilt auch für dich. Wenn ich also ein Unternehmen zu dritt vorschlage, machst du dann mit?«

»Etwas Sexuelles?«, fragte sie besorgt.

»Aber nein.«

»Dann bin ich natürlich dabei.«

Ich frohlockte. Sie würde schon sehen.

»Nächsten Samstag komme ich am späten Vormittag. Esst nicht zu viel zum Frühstück.«

»Besteht dein Unternehmen aus Essen?«

Ich dachte eine Sekunde nach.

»So kann man das sagen.«

»Wunderbar! Aliénor und ich sind sehr naschhaft.«

»Ich kann dir nicht versprechen, dass es besonders gut schmeckt.«

Mit einem Ausdruck tiefer Zufriedenheit kam die Schriftstellerin von der Toilette zurück. Astrolabe kündigte an, dass ich ihnen am nächsten Samstag das Frühstück machen würde. Die Gestörte klatschte in die Hände. Ich wurde nervös.

»Und ihr werdet es essen, egal, was es ist?«

»Natürlich«, beteuerte Astrolabe. »Hältst du uns für so unhöflich?«

Am Tag X kam ich mit großen, bis zum Rand gefüllten Taschen, um die beiden Frauen nicht zu enttäuschen. Ich hatte alles Mögliche hineingestopft, um die Vorstellung von einer Mahlzeit aufrechtzuerhalten. Das eigentliche Mitbringsel waren drei Pillendosen und eine Compact Disc; das hätte auch in eine Jackentasche gepasst.

Ich legte die CD ein.

»Du hast sogar Musik zum Essen mitgebracht, wie raffiniert!«

Die Pillendosen für die beiden Frauen enthielten jeweils ein Gramm guatemaltekische Kahlköpfe, meine die doppelte Dosis: Für einen alten Hasen braucht es eben ein bisschen mehr Stoff.

»Was ist das?«, fragte Astrolabe, als sie ihr Döschen bekam.

»Der Aperitif«, antwortete ich, obwohl es sonst nichts geben würde.

Als sie die Döschen öffneten, stieß Aliénor einen Freudenschrei aus, und für einen Sekundenbruchteil fragte ich mich, ob sie womöglich wusste, was es war.

»Du hast recht, Aliénor«, stimmte Astrolabe ihr begeistert zu. »Hübsch, diese getrockneten Pfifferlinge. Kann man die so essen?«

»Das sollte man.«

Jetzt wurde es schwierig, vor allem für mich, der

damit schon Erfahrung hatte: Seltsamerweise ist ein scheußlicher Geschmack nämlich schwerer zu ertragen, wenn man ihn kennt. Ich musste mich ganz schön zusammenreißen, um meine Ration zu kauen. Astrolabe machte eine Bemerkung von erlesener Höflichkeit:

»Welch einzigartiges Aroma!«

Die Schriftstellerin schrie geradezu vor Entzücken. Mir ging der Gedanke durch den Kopf, dass ich zum ersten Mal einer geistig Behinderten Zauberpilze verabreichte, die mich dann vielleicht nerven würde. Ich schenkte drei Gläser Wasser ein und forderte die Frauen zum Trinken auf. Sie kamen meiner Bitte nach, und ich war froh, dass ich mir den ekelhaften Geschmack aus dem Mund spülen konnte. Merkwürdig: Alle Pilze sind wohlschmeckend, sogar die tödlichen. Warum schmecken ausgerechnet die Zauberpilze, die die wohltuendsten von allen sind, so scheußlich? Vielleicht weil die Natur den Konsumenten warnen will: Achtung, Sie werden gleich etwas ganz Spezielles erleben.

»Warum das Wasser?«, fragte Astrolabe.

»Damit sich die Wirkung entfaltet«, antwortete ich.

Sie glaubte wohl an eine Essensregel und machte sich keine Gedanken.

Ich stellte die Anlage an. Die Compilation ertönte.

Ich wusste, dass ich noch gut eine halbe Stunde hatte, bis die Symptome einsetzen würden. Meine Operation war so minutiös geplant wie ein Banküberfall. Ich breitete Decken auf dem Boden aus.

»Bereitest du eine römische Orgie vor? Essen wir im Liegen?«, fragte die Dame meines Herzens.

Ich gab ihr etwas Nichtssagendes zur Antwort; tatsächlich wusste ich, dass viele nicht mehr stehen können, wenn sie auf dem Trip sind. Da war es besser, den Boden vorzubereiten.

»Was ist das für eine Musik?«, fragte sie weiter.

»Aphex Twin.«

»Eigenartig, oder?«

»Bald wirst du sie nicht mehr eigenartig finden.«

»Du meinst, die Mahlzeit wird so überwältigend sein, dass diese Klänge dagegen harmlos sind?«

»Die Mahlzeit ist beendet. Es gibt nichts mehr zu essen.«

Schweigen.

»Ich fürchte, du hast meinen Appetit gehörig unterschätzt, Zoïle.«

»Wir haben alle drei halluzinogene Pilze zu uns genommen. In zirka zwanzig Minuten heben wir ab.«

Ich machte mich auf die verdienten Vorwürfe gefasst – man verabreicht niemandem psychoaktive Pilze, ohne ihn vorzuwarnen, das ist unverzeihlich.

Meine Liebste hätte sich bestimmt geweigert, wäre sie vorher im Bilde gewesen. Doch wenn ich schon nicht mit ihr Sex haben konnte, wollte ich wenigstens eine einzigartige Erfahrung mit ihr teilen.

»Aliénor, hast du das gehört?«, rief Astrolabe. »Wir werden Halluzinationen haben!«

Der Anfang sei unangenehm, erläuterte ich, doch wenn man sich davon nicht abschrecken lasse, sei der Trip überwältigend.

»Woher beziehst du die Pilze?«

»Man gibt seinen Dealer nicht preis.«

»Bist du ein guter Kunde?«

»Ich mach das öfter, wenn du's wissen willst.«

Ich beneidete die beiden um ihre Unschuld. Sie hatten keinerlei Vorstellung von dem, was sie erwartete. Ich dagegen hatte schon so viele gute und so viele Horrortrips erlebt, dass sich eine Spur Resignation in meine Erwartung mischte.

Die letzten Sekunden, in denen ich festen Boden unter den Füßen hatte, nutzte ich für eine Philippika gegen die Verschärfung des holländischen Drogengesetzes. Ich war auf dem Gipfel meiner Entrüstung, als ich sah, wie Astrolabe einen anderen Gesichtsausdruck annahm und »Oh, là, là« murmelte.

Ich nahm sie sogleich an der Hand, um sie zu begleiten.

»Alles ist gut. Wenn ein Flugzeug abhebt, wird

Passagieren oft schwindlig. Hier ist es genauso, nur dass du in einer Rakete sitzt. Die Übelkeit dauert nur ein kleines bisschen länger. Dafür schwebst du bald im Universum und siehst die Erde von ganz hoch oben.«

Nun seufzte auch Aliénor. Astrolabe gab ihr die Hand und beruhigte sie auf ihre Weise. So bildeten wir eine Kette.

Als ich den Brechreiz spürte, schluckte ich wie ein Wahnsinniger meine Spucke, und die gewohnte Wirkung setzte ein. Übelkeit ist nichts anderes als das Zeichen des Gelingens. Die wenigen Unglücklichen, die nicht auf Psilocybin reagieren, haben diese Eingangsempfindungen nicht. Ich erklärte meinen Freundinnen, dass dieses ekelhafte Gefühl nur vorübergehend sei, ein Passierschein für hinreißende Gegenden.

»Bist du da? Erzähl!«, bat ich Astrolabe.

»Die Mauer!«, schwärmte sie.

Sie zeigte auf die schmutzig weiße Wand, die ihre von der Nachbarwohnung trennte und in ihrer Baufälligkeit einsturzgefährdet erschien. Ich war noch nicht weit genug, um sehen zu können, was sie sah, aber ich konnte es ahnen: Für den, dem sich die Pforten der Wahrnehmung öffnen, birgt eine weiße Fläche unvorstellbare Reichtümer.

Aliénor legte sich auf eine Decke.

»Alles okay?«, fragte ich.

Sie nickte mit erleuchteter Miene und schloss die Augen. Es gibt zwei Schulen: die äußere Reise und die innere Reise. Die Schriftstellerin gehörte ganz klar zur zweiten Kategorie. Das passte mir gut, sie würde die Lider geschlossen halten, und ich müsste nicht zu sehr unter ihrer Anwesenheit leiden.

Astrolabes Augen waren groß wie Untertassen. Überdruss ist bei Halluzinationen unmöglich, ich wusste, wenn ich nicht eingriff, würde sie acht Stunden lang die Wand anstarren. Also brachte ich sie dazu, etwas anderes zu betrachten, in diesem Fall ein Nattier-blaues Kissen, das ich ihr auf die Knie legte. In diesem Augenblick öffneten sich bei mir die Pforten, und in die Betrachtung zu versinken fühlte sich an wie in meine Liebste einzutauchen. Ich versuchte, zwischen uns Gleichklang herzustellen:

»Hast du schon mal so was Irres wie diese Farbe gesehen? Dring in sie ein, fühl, wie sie lebt. Fülle dich mit diesem Nattier-Blau.«

»Nattier?«

»Ein französischer Maler des 18. Jahrhunderts. Er hat diese Farbe geschaffen. Stell dir vor, wie es ist, das zu erfinden.«

»Es ist so schön«, flüsterte sie.

»Warum flüsterst du?«

»Weil es so schön ist, dass es bestimmt ein Geheimnis ist.«

Ich lachte, ich verstand, was sie sagen wollte.

So begleitete ich sie ins Herz des Blaus. Die Schönheit der Farbe durchpulste uns mit wilder Freude. Wir berührten mit unseren Nasen fast das Kissen, um uns von dieser Entdeckung überwältigen zu lassen.

»Es ist, als hätte ich das Zimmer nie gesehen«, sagte Astrolabe. »Es ist, als hätte ich nie irgendetwas gesehen. Das Blau des Kissens ... als hätte ich nie eine Farbe gesehen.«

»Du hast bloß deine Sicht der Dinge wiedergefunden, wie du sie mit ein, zwei Jahren hattest. Du musst mal beobachten, wie die Babys in der Metro um sich schauen: Die sind voll auf dem Trip, das ist offensichtlich.«

»Unfassbar, dass wir inmitten einer solchen Herrlichkeit leben und sie nicht sehen!«

»Jetzt sehen wir sie, nur das zählt!«

»Warum hören wir auf, sie zu sehen, wenn wir erwachsen werden?«

»Weil wir erwachsen werden. Wir lernen die harten Gesetze des Überlebens und zwingen uns, uns auf das Nützliche zu konzentrieren. Unsere Augen verlernen die Schönheit. Und die Pilze geben uns unsere kindliche Wahrnehmung zurück.«

»Bin ich deshalb auch so glücklich?«

»Ja. Stell dir vor: Wir sind so glücklich wie zweijährige Kinder mit der Unabhängigkeit von Erwachsenen.«

»Das brauche ich mir nicht vorzustellen – ich erlebe es gerade.«

Ich küsste sie. Sie sah mir ins Gesicht und begann zu lachen.

»Auf deiner Haut stehen lauter Wörter«, sagte sie und strich über meine Wangen.

»Lies vor.«

»Kann ich nicht. Es sind chinesische Schriftzeichen. Du siehst aus wie ein goldener Buddha.«

Ich betrachtete, wie sie mich betrachtete. Astrolabe anzusehen hatte mich schon immer verrückt gemacht. Sie vom Grunde meines Trips anzusehen verschlimmerte meinen Irrsinn, zumal auch sie auf dem Trip war und man das sah: Ihre Pupillen füllten ihre Augen, ihre Augen füllten ihr Gesicht, ihr Gesicht füllte das Zimmer.

»Dann bist du also mein Geliebter?«, fragte sie verwundert.

»Das hoffe ich sehr. Gibt es ein Problem?«

»Nein. Lass sehen, woraus du gemacht bist.«

Sie begann mich zu inspizieren und drehte sogar meine Ohren um. Ihr riesig gewordener Kopf näherte sich meinem, ich sah ihr gewaltiges Auge in meine Nasenlöcher dringen, es fühlte sich an wie Doktorspiele mit einer Riesin.

Sie hob meinen Pullover und horchte mich überall ab, wobei sie ihre Ohrmuschel an meinen Rücken, meine Brust, meinen Bauch legte.

»Ich höre unglaubliche Geräusche«, murmelte sie erregt.

»Das ist die Stimme der Sehnsucht.«

»Deine Sehnsucht hört sich an wie eine Spülmaschine.«

»Ja, sie ist multifunktional.«

Sie ließ meinen Pullover sinken und erklärte die Untersuchung für beendet. Ich stellte fest, dass sie trotz Trip unvermindert über die Einhaltung ihrer gemeinen Regel wachte, und war ihr deswegen böse.

Vor uns lag Aliénor wie eine ruhende Skulptur ihrer selbst.

»Glaubst du, es geht ihr gut?«

»Ja. Schau dir ihr Gesicht an, es ist ganz entspannt. Sie hat den besten Trip von uns allen.«

»Warum hat sie die Augen geschlossen?«

»Sie hat recht. Versuch's mal.«

Meine Liebste schloss die Lider und stieß einen Schrei aus.

»Nicht wahr?«, sagte ich.

»In meinem Kopf ist eine Ausstellung moderner Kunst!«

»Ja, du musst gar nicht mehr nach Beaubourg.«

Staunend schlug sie die Augen wieder auf.

»Kandinsky, Miró und die anderen, deren Namen ich vergessen habe, haben die alle was genommen?«

»Ja.«

Wir begannen das klassische Gespräch der Reisenden, das jeden, der nicht auf demselben Weg ist, langweilt.

»Hat Rothko auch was genommen?«

»Ja.«

»Und Nicolas de Staël?«

»Klar!«

Jedes neue Mitglied im Club wurde leidenschaftlich begrüßt wie ein Bruder – diese Art Dialog konnte Stunden dauern. Ich unterbrach die Litanei lieber, um Astrolabes Aufmerksamkeit auf das wichtigste Phänomen zu lenken:

»Und jetzt werde ich dir das Schönste zeigen, was es in diesem Zimmer gibt.«

Ich setzte mich auf den Boden, bat sie, zu mir zu kommen, und zeigte zum Fußboden, der eigentlich keinen Deut wert war. Sie nahm ihn in Augenschein.

Und schrie vor Bewunderung auf. Ich wollte mich nur vergewissern, dass unsere Wahrnehmung die gleiche war:

»Siehst du, was ich sehe?«

»Das ist Eis«, sagte sie. »Ein gefrorener See.«

»Ja, genau.«

»Da ist dieser vollkommen transparente Eisfilm, und darunter ist eine versunkene Welt von tödlicher Schönheit.«

»Erzähl.«

»Da sind, im Eis erstarrt, nie gesehene Blumen, Karyatiden aus Blütenblättern, die Kälte traf sie wie ein Blitz, sie wissen nicht um ihr Hinscheiden, schau, man könnte meinen, sie wollten das Eis durchbrechen, man sagt, dass nach dem Tod die Haare weiterwachsen, vielleicht sind diese Blüten ja die Haarpracht einer Verstorbenen, ja, ich sehe sie, Zoïle, komm, schau, siehst du sie auch?«

»Nein.«

»Doch, da, zwischen den Marmorsäulen.«

»Das ist das Artemision von Ephesos!«

»Wurde der Tempel nicht zerstört?«

»Ja, aber du und ich, wir wissen, wo er ist: unter deinem Dach!«

»Und die Tote, siehst du sie auch?«

»Nein. Wir können nicht genau dasselbe sehen. Es ist schon phantastisch, dass wir beide den Artemis-Tempel erkennen. Das beweist, dass er tatsächlich da ist.«

»Ach, wir werden es vergessen.«

»Nein. Wir werden nichts von dem vergessen, was wir auf dieser Reise erleben.«

»Aber wir werden das, was wir jetzt sehen, nicht mehr sehen.«

»Das stimmt. Aber wir werden uns daran erinnern, und wir werden die Dinge mit anderen Augen sehen.«

»Woher kommt eigentlich diese geheimnisvolle Verbindung zwischen Ephesos und einer armseligen Wohnung im Quartier Montorgueil in Paris? Ganz zu schweigen von der Verbindung zwischen dem fünften vorchristlichen Jahrhundert und unserer Zeit.«

»Unser Geist ist die Verbindung. Wir sind präsokratisch füreinander bestimmt.«

Sie lachte und versenkte sich wieder in die Betrachtung dieses unerahnten Universums.

Ich blieb allein. Was ich gesagt hatte, entsprach meiner tiefsten Überzeugung. Ein präsokratisches Double erschien mir sehr viel stärker als ein platonisches Double. Auch Platon hatte natürlich was genommen. Das Höhlengleichnis erinnerte allzu deutlich an einen Trip. Aber er hat daraus falsche Schlüsse gezogen, die ich missbillige. Wie kann man eine Theorie der Liebe akzeptieren, in der Körper und Seele getrennt und hierarchisiert sind und dadurch alles in der Gesellschaft hierarchisiert wird? Vor Sokrates muss Liebe noch etwas ganz anderes gewesen sein.

Ich betrachtete meine beiden Mitreisenden. Die eine saß in muslimischer Gebetshaltung auf dem Boden und bewunderte mit weit aufgerissenen Augen die Welt unter Eis. Die andere lag mit geschlossenen Augen auf dem Rücken und erforschte ihren inneren Reichtum.

Kein Zweifel, Aliénor überholte uns. So eine Tripqualität hatte ich nie erreicht. Ich hatte den beiden Frauen eine Entspannungsdosis Zauberpilze verabreicht. Die Schriftstellerin reagierte, als ob sie viermal mehr genommen hätte: Sie war in das sogenannte psychedelische Stadium abgehoben. Astrolabe erlebte eine erhebende Entspannung, Aliénor erschuf eine unergründliche Wirklichkeit.

Ein Stück von Aphex Twin endete, das nächste begann: *Zigomatic 17*. Die kurzgeschlossenen Klänge ergaben ein Elektroenzephalogramm in Form eines phonischen Baobabs, ich wusste plötzlich, wer Aliénor Malèze war, und sprach die geflügelten Worte: Aliénor, du bist ein Baobab, deshalb rührst du dich nicht, die ersten Menschen in Afrika probierten alle Bäume aus, und jeglicher hatte seinen Nutzen, einer brannte gut, einer ergab gute Bögen und Werkzeuge, einer gab einem stundenlang was zu kauen, einer wuchs so schnell, dass er innerhalb eines Jahres einen ganzen Landstrich verbarg, einer würzte gerieben das Fleisch, einer war gut zum Haarewaschen, einer gab dem die Manneskraft zurück, der sie bei der Jagd eingebüßt hatte, blieb nur der Baobab, der einfach zu nichts zu gebrauchen war, obwohl man alles Mögliche mit seinem Holz versucht hatte, aber was macht man mit einem nutzlosen Baum, was macht man überhaupt mit nutzlosen Dingen, Bäumen oder Menschen, man erklärt sie für heilig, damit haben sie einen Nutzen, sie sind dazu da, heilig zu sein, fass den Baobab nicht an, er ist heilig, man braucht Heiliges, weißt du, das ist das, was man nicht versteht, was aber trotzdem hilft, obwohl man nicht weiß wofür, es hilft, wenn dir dein Herz schwer ist, setz dich in den Schatten des Baobab, nimm dir ein Beispiel an ihm, sei groß und nutzlos, erschaff dir ein Netz aus Geäst ohne anderen Grund als zu wachsen, kein anderer Baum in Afrika ist so riesig wie der, der zu nichts nutze ist, so, jetzt hast du verstanden, das Große ist unnütz, man braucht aber Größe, weil sie absolut ist, es ist eine Frage des Maßes, nicht der Struktur, denn wenn der Baobab wunderbarerweise schrumpfte, würde er zu Broccoli, Broccoli kann man essen, der Baobab ist der kosmische Broccoli, von dem Salvador Dalí sprach, Aliénor ist die menschliche Version dieses Phänomens, ihre Ausmaße liegen irgendwo in der Mitte zwischen Baobab und Broccoli, deshalb sind ihre Werke so faszinierend.

»Was erzählst du da?«, fragte Astrolabe.

Also war ich es, der sprach, ich hörte eine Stimme und höre sie noch, Astrolabe, hörst du mein Herz schlagen, willst du in das dumpfe Wummern eingehen, das in mir pulsiert, willst du mich mit deinem ganzen Körper einhüllen und mich der Musik deiner Kathedrale lauschen lassen?

Ich strecke die Hand nach dir aus, deine Hand ist so namenlos kalt, ich möchte dich wärmen, mit Armen und Beinen umschlinge ich deinen zusammengekauerten Körper, hauche dich wie ein Glasbläser mit meinem warmen Atem an und bilde eine Blase um uns herum, ich wiege dich in meiner Umarmung, die eine ewige wird, wenn man aus wiege ein Anagramm macht, ist dir aufgefallen, dass es auf dem Trip keine Zeit gibt, dass Minuten, Stunden, Jahrhunderte echte Synonyme sind, umschlinge mich mit Armen und Beinen, wie ich dich umschlungen habe, wir sind eine menschliche Blase, das Stück heißt *Zigomatic 17* und währt schon ein Jahrtausend lang, ich werde aufregende Dinge mit dir machen, um dich wieder zu wärmen, du brauchst dich nicht um Aliénor zu sorgen, man kann in Gegenwart eines Baobab Liebe machen, das stört einen Riesenbroccoli nicht, ich habe wie du eine Gänsehaut, vor Lust, aber auch vor Kälte, ich bin das gewohnt, auf dem Trip wird einem immer kalt, das soll uns an den Sinn des Lebens erinnern, denn wäre der Funke, der das Leben schuf, nicht explodiert, würde im Universum das grenzenlose Gesetz der Kälte wüten, die Welt ist nichts als dieser ständige Kampf zwischen kalt und warm, Tod und Leben, Eis und Feuer, man darf nicht vergessen, dass die Kälte vor der Wärme da war, deshalb ist sie stärker und wird uns eines Tages besiegen, bis dahin müssen wir leben und kämpfen, und du bist der Schnee, den ich zum Schmelzen bringen werde.

Es gelang mir, sie auszuziehen, es ist unglaublich leicht, die Schönheit zu entdecken, man muss ihr bloß die Kleider abnehmen, doch ach, auf Anhieb enthüllt sich das Problem, Astrolabe ist aus Stein, und das ist keine Metapher, du hättest mir sagen sollen, dass du eine Statue bist, sie beschaut sich, befühlt sich, was ist mit mir geschehen, sonst habe ich nicht diesen Körper, bin ich überall so, ja, du bist ganz und gar aus Stein, sie lacht, ich finde das überhaupt nicht lustig, sie fragt mich, ob ich schon mal auf Psylos Sex hatte, nein, aber ich habe Freunde, denen es gelungen ist, also muss es möglich sein, sie fragt mich, ob das, was sie ist, *stoned* ist, ich denke ja, es ist schrecklich, unter diesen Umständen die Wirklichkeit eines Ausdrucks zu erkennen, ich streichle sie in der Hoffnung, dass ihr Körper wieder zu Fleisch und Blut wird, doch sie wird davon nur noch härter, ist es denkbar, so hart zu sein, Astrolabe schlägt sich mit der Faust auf den Bauch, erstaunt stellt sie fest, dass sie nichts fühlt, nur einen Schmerz an der Hand, ich bin eine Statue aus Eis, sagt sie schließlich.

Verzweifelt nehme ich sie in die Arme, wie lange wird diese Härte dauern, das ist doch der Punkt, Astrolabe ist auf dem Trip, da existiert die Zeit nicht, wenn du zehn Minuten *stoned* bist, ist das wie zehn Stunden oder zehn Monate, wir sitzen in einer Nichtzeitzone fest, das ist wunderbar, wenn man glücklich ist, doch wenn man leidet, ist es die Hölle, man müsste nur nicht mehr leiden, aber wie kann man das, wenn man auf dem Gipfel der Lust und der andere aus Stein ist, sie lacht, dein Plan ist geplatzt, mein armer Zoïle.

Ihr Lachen empört mich, mir wird klar, dass sie nicht leidet, vielleicht ist es ihr sogar recht, ich bin allein mit meiner Enttäuschung, falls sie mich liebt, dann so, wie Eisstatuen lieben, aufmerksam betrachte ich ihre unzugängliche Schönheit, und weil sie so schön ist und es unmöglich ist, sie zu lieben, wird der Tod triumphieren, und wir werden ihm weichen.

Zigomatic 17 geht zu Ende. Meine stupide Tragödie hat also acht Minuten gedauert. Die Musik ist die Sanduhr des Trips. In acht Minuten, die mir wie ein Jahr vorkamen, habe ich alles versaut.

Astrolabe zieht sich an und legt mir nahe, das auch zu tun. Ich zwänge mich wieder in meine Leidensrüstung. Das sei doch nicht so schlimm, sagt sie, wir teilten doch etwas miteinander. Manche Tröstungsversuche vervielfachen den Schmerz. Ich schweige.

In Wahrheit ist die Zeit des Teilens vorbei. Astrolabe kauert auf dem Sofa und ist in die Betrachtung einer Haushaltspackung versunken, die eine Wahnsinnswirkung auf sie auszuüben scheint. Aliénor hat sich kein Iota gerührt und kommuniziert wahrscheinlich gerade mit dem Großen Geist.

Ich schaue uns an: drei Westeuropäer, jeder auf seiner Reise. Keine Verbindung.

Vorhin haben Astrolabe und ich unter dem Fußboden das Artemision von Ephesos im Eis gesehen. Unsere Vision war bis auf eine Kleinigkeit identisch: Meine Liebste sah eine im Eis gefangene Frau. Das war sie selbst.

Es folgten Gedanken von außergewöhnlicher Intensität. Ich habe genug Horrortrips erlebt, um dieser Formulierung zu misstrauen. Wären wir nicht zu so einem Haufen Weicheier verkommen, wollten wir alle solche Reisen in den Höllenschlund erleben. Was soll denn so schlimm sein an einmal Gehenna hin und zurück? Schon dass man wiederkommt, müsste das Urteil mildern. Und dann, behaupte ich, ist die Erfahrung eine Reise wert.

Was man Horrortrip nennt, ist nichts anderes als Klarsicht. Meinen ersten Horrortrip erlebte ich in der Metro. Da erkannte ich die Hässlichkeit, die mich umgab. Ich habe sie nicht erfunden, sie war schon vorher da. Aber ich hatte mich vor ihr geschützt mit dem üblichen Mir-doch-egal-Filter. Die Hässlichkeit der Welt gipfelte, daran entsinne ich mich, in der Krawatte des Typs mir gegenüber. Das war keine Vision – die ganze Menschheit hätte diese Krawatte verabscheut, wenn sie ihr nur ein wenig Aufmerksamkeit gewidmet hätte. Ich erinnere mich, dass ich mich zusammenreißen musste, um dem Kerl nicht zu befehlen, seine Krawatte abzunehmen und aus dem Fenster auf die Gleise zu schmeißen. »Glauben Sie mir, es ist nur zu Ihrem Besten«, hätte ich gesagt. Es wäre auch zu meinem Besten gewesen. Das abartige Krawattenmuster bedrückte mich, marterte mich und ließ mir die Apokalypse als gerechte Sache erscheinen, sofern sie nur dieses Stück Stoff ins Nichts mitriss.

Hatte ich nicht recht? Wie konnten wir so blind werden, dass wir Hässlichkeit erträglich finden? »Nun, über Geschmack lässt sich streiten! Dem Mann gefällt eben seine Krawatte«, denkt man ohne Pilze. Der Trip fegt diesen Betrug hinweg. So eine Krawatte zu tragen ist eine Beleidigung, ein Anschlag, eine Geste der Verachtung, ein solches Verhalten strotzt vor Hass, das ist es, der Kerl hasst mich, er hasst die ganze Menschheit.

Ein Horrortrip ist eine Übung in Luzidität, die uns die Hölle in der Krawatte eines Menschen in der Metro zeigt. Dabei wird uns schon so lange gesagt, die Hölle ist auf Erden, die Hölle sind die anderen! Nun endlich die Bestätigung: Die Hölle ist nicht einmal der andere als Ganzer – seine Krawatte genügt.

Eigentlich gibt es gar keinen Unterschied zwischen Trip und Horrortrip. Es geht immer um Klarsicht. Angesichts eines Nattier-blauen Kissens vor Glück zu weinen ist eine ebenso begründete Haltung wie angesichts einer scheußlichen Krawatte ein Martyrium zu durchleiden.

Wenn ein grauenhaftes Männeraccessoire mich schon so sehr peinigte, kann man sich vielleicht den absoluten Schmerz nach meinem sexuellen Schiffbruch mit Astrolabe vorstellen.

Ich war auf alles böse: auf mich, auf Aliénor, auf die guatemaltekischen Psylos, die EDF, den versteinerten Leib meiner Liebsten und last but not least auf ihr Lachen. »Dein Plan ist geplatzt, mein armer Zoïle!« Selbst wenn es nicht ihre Schuld war, hatte ich eine Mordswut auf Astrolabe. Ja, mein Plan war geplatzt. War das nicht Grund genug, mein Los zu verfluchen? Und sie lachte.

In diesem Moment wendete sich mein Schicksal. Astrolabe war das Höchste, was das Universum erschaffen hatte; wenn sich aber selbst die Besten so aufführten, wollte ich die Welt zerstören. Da ich leider nicht über die Möglichkeiten verfügte, den ganzen Planeten zu atomisieren, würde ich ein Ziel wählen, das den Ausmaßen meiner Abscheu angemessen wäre.

Seit dem 11. September 2001 steht die beste Methode, der Menschheit wirkungsvoll zu schaden, zweifelsfrei fest. Ist es denn wirklich unumgänglich, dass jeden Tag so viele Menschen von einer Stadt in eine andere fliegen? Ist das nicht eher darauf angelegt, das Gestörte, das in uns brodelt, zu provozieren? Wie sollten wir nicht davon träumen, einen dieser Flieger, die hoch über unseren Köpfen tanzen, in ein Gebäude zu jagen, dessen Vernichtung wir begehren?

Ich musste mein Ziel nur noch finden. Auf einem

Trip verflüchtigen sich die Komplikationen der Realität. Ich machte mir also keine Gedanken über meine Unerfahrenheit in Sachen Flugzeugsteuerung. Das erledigte sich mit einem Satz: Ich war nicht dümmer als die vom 11. September 2001. Mein Ziel allerdings stellte ich mir ambitionierter vor.

Astrolabe sollte merken, dass ich sie im Visier hatte. Nein, ich würde keine Boeing an dem kleinen Mietshaus im Quartier Montorgueil zerschellen lassen. Warum dann nicht gleich an einem Vogelnest?

Ich bin Pariser. In der Fremde, also außerhalb der Stadtautobahn, habe ich großartige Gebäude gesehen. Sie gehören jedoch nicht zu meiner Vorstellungswelt. Deshalb schloss ich auch den Tadsch Mahal aus, der als Symbol der Liebe perfekt gewesen wäre.

Da ich ein Ziel in Paris brauchte, erwog ich zunächst, ein Werk des guten Geschmacks zu vollbringen, indem ich die Stadt von einem ihrer Schandflecke erlöste. Dabei dachte ich weniger an die Tour Montparnasse als an eine der echten Perversitäten wie das Sheraton Montparnasse oder die Tour de Jussieu, den scheußlichen Büroturm, der – Gipfel des Absurden – erst kürzlich asbestsaniert worden war, obwohl es so einfach wie sinnvoll gewesen wäre, ihn abzureißen.

Gewissenhaft sorgte ich mich um mögliche Kollateralschäden: Beim Sheraton riskierte ich, den Friedhof von Montparnasse zu treffen – und wie alle Mörder achte ich die Toten mehr als die Lebenden; und wie die Tour de Jussieu fällen, ohne den Jardin des Plantes, der mir so sehr am Herzen liegt, in Mitleidenschaft zu ziehen?

Ich durfte auch nicht der Verführung zur Gutherzigkeit nachgeben. Es ging darum, Schaden anzurichten, und nicht, die öffentliche Meinung für mich zu gewinnen. Außerdem sollte meine Tat eine Beziehung zu Astrolabe haben, also musste ich Schönheit zerstören.

Zerstört man je etwas anderes? Es gibt kein Beispiel eines Anschlags gegen die Hässlichkeit. Sie weckt nicht genug Leidenschaft, um eines solchen Aufwands wert zu sein. Extrem Hässliches ruft bloß sterile Empörung hervor. Allein das Erhabene weckt die Glut, die zu seiner Zerstörung nötig ist. Mishimas Mönch legte den Goldenen Pavillon in Schutt und Asche, nicht einen dieser Neubauten, die Kyoto schon damals verschandelt haben. Das ist die Anwendung von Oscar Wildes »Jeder tötet, was er liebt« auf die Architektur.

An Schönem mangelt es nicht in Paris. Den Louvre strich ich gleich, weil zu groß: Wie sollte man sich etwa zwischen der Abteilung flämische

Malerei und der Abteilung mit den griechischen Statuen entscheiden? Vieles ging mir durch den Kopf: Palais-Royal, Observatorium, Tour Saint-Jacques, Notre-Dame, aber alles ergab irgendwie keinen Sinn. Ich brauchte ein Monument, das auf die eine oder andere Weise auf Astrolabe verwies.

Und wenn ich sie fragte?

»Gibt es ein Gebäude in Paris, mit dem du dich identifizierst?«

Astrolabe sah mich an und überlegte. Sie war noch genug auf dem Trip, um die Frage nicht albern zu finden. Ihre geweiteten Pupillen traten fast über den Rand ihrer lieblichen Augen.

»Natürlich«, gab sie zur Antwort. »Kannst du dir das nicht denken?«

»Nein. Die Katakomben?«

Sie bog sich vor Lachen.

»Welches Pariser Gebäude hat mit dem Alphabet zu tun?«, fragte sie.

»Keine Ahnung.«

»Denk an den Buchstaben A!«

Auf Trip an einen Buchstaben zu denken kommt dem Versuch gleich, ein ganzes Reich zu erobern. Vor allem, wenn es sich um das A handelt, den am wenigsten unschuldigen Buchstaben des Alphabets. Eine Halluzination in Form dieses schwarzen Vokals erfüllte meinen Kopf mit einem immensen

Klingen: dem Tuten des Telefons, das in ein ewiges AAAA ausklang, Wälder von A, die im Gleichschritt auf ihren zwei Beinen marschierten und exotische Dolche in A-Form schwangen. Der malaysische Kris ist manchmal wie ein A geformt – eine Prestigewaffe, die nicht gegen jedermann eingesetzt wird: Der gemeine Sterbliche wird durch schlichtes Erwürgen umgebracht; nur Prinzen verdienen die Ermordung mit dem Kris in Form eines spitzen A.

Ich weiß nicht, wie lange mich der berühmte Vokal in Anspruch nahm. Irgendwann war Astrolabe es wohl leid.

»Das ist doch nicht so schwer«, sagte sie schließlich. »Das berühmteste Pariser Gebäude wurde vom Buchstaben A inspiriert.«

»Der Arc de Triomphe?«

»Quatsch! Der Eiffelturm. Der ist ein A.«

Ich machte so große Augen, als ob ich die Welt zum ersten Mal entdeckte.

»Ich wundere mich, wie viele Pariser die Herkunft des architektonischen Wahrzeichens ihrer Stadt nicht kennen«, fuhr sie fort. »Gustave Eiffel war wahnsinnig verliebt in eine Frau namens Amélie. Deshalb war er so besessen von dem Buchstaben A, der Paris seit mehr als einem Jahrhundert überragt.«

»Ist das wahr?«

»Aber ja. Hätte die Frau den Namen Olga getragen, würde das Symbol von Paris ganz anders aussehen.«

Astrolabe legte sich auf den Boden neben Aliénor und schloss die Augen. Die beiden Ruhenden entschwebten gemeinsam in ihr Zwiegespräch mit dem Großen Geist.

Ich blieb allein, ganz benommen von dieser Mitteilung. Da hatte ich befürchtet, dass meinem Zerstörungsakt der Sinn fehlen könnte, und erfuhr zu meinem Schrecken und Taumel, wie weit meine Heldentat den Bund zwischen Symbol und Wirklichkeit besiegeln würde.

Der Plan stand mir in seiner ganzen psychedelischen Selbstverständlichkeit vor Augen: Ich würde einfach ein Flugzeug kapern und in den Eiffelturm steuern, um dieses A zu zerstören, das auf Astrolabe und Aliénor verwies. In manchen Taten erkennt man sich besser als im klarsten Spiegel.

Natürlich wären einige technische Schwierigkeiten zu überwinden. Darüber könnte ich später nachdenken. Der Gedanke, den Eiffelturm zu zerstören, erregte mich, er verband Bedeutsamkeit und Schönheit. Was gab es Schöneres als den Eiffelturm? Ich hatte ihn immer geliebt, auch ohne zu wissen, dass er ein Konstrukt der Liebe war. Dass ich nun seine persönliche Geschichte kannte, machte ihn mir nur noch lieber. Was für ein Kerl, dieser Gustave Eiffel, die Liebe seines Lebens in das größte Auftragswerk seiner Existenz einzubauen!

Ich würde das Gleiche *ex negativo* tun: die Liebe meines Lebens in den größten Zerstörungsakt meiner Existenz einbauen. Ich bedauerte nur, dass ich den grandiosen Moment, in dem das Flugzeug die eiserne Dame sprengen würde, nicht von außen betrachten könnte. Doch niemand sonst würde sehen, was ich sehen würde: wie der zunächst kleine, dann immer größer und gewaltiger werdende Turm sich mir nähert bis zu unserem Kuss, dem gewalttätigsten in der Geschichte der Küsse, dem einzigen Todeskuss, der diesen Namen verdient.

Ich wusste gleich, dass es nicht das Problem sein würde, die Crew im Auge zu behalten oder die Grundbegriffe des Fliegens zu erlernen. Die einzige Herausforderung wäre durchzuhalten: nicht am nächsten Morgen aufzuwachen und meine Beschlüsse des Vortags für halluzinatorische Wahngebilde zu halten. Um dieser Gefahr nach der Landung zu begegnen, formulierte ich den Schlüsselsatz: Der Trip hat recht. Sobald die Symptome nachließen, würde ich ihn mir ununterbrochen vorsagen müssen.

Dabei half mir, dass ich seit je der Auffassung war, dass man jenseits des Trips immer unrecht hat. In nüchternem Zustand, wenn unsere geistige Verfassung als normal bezeichnet werden kann, produziert unser Erwachsenengehirn haufenweise Plattitüden, in denen man alles, was unsere Gattung mit

Stolz erfüllt, Schönheit, Ehre, einen Funken Größe oder Genie, vergeblich sucht. Selbst die Liebe entlockt der Seele höchstens das, was man ein Feuerwerk nennt: Kurzschlüsse von wenigen Sekunden. Der Alkoholrausch wiederum ist nur etwa zehn Minuten interessant, der Rest ist blödes Gesaufe.

Ein Trip dauert acht Stunden. In dieser Zeitspanne kann man schöpfen, nachdenken, am absoluten Sinn jedes Wortes arbeiten. Vor allem, weil dieses Tagesdrittel nicht nach gewöhnlichen Kriterien zu messen ist und den Eindruck proustscher Dimensionen hervorruft. Die durchschnittliche Erinnerung an einen Tag ist wie ein Fussel; die Erinnerung an den Trip ist ein Knäuel, das man ein Leben lang entwirrt.

Die gewöhnliche Hirntätigkeit ist eine Beleidigung der Intelligenz und verdient es nicht, Denken genannt zu werden. Der Trip, auf dem wir das Banale verlernen und die ursprüngliche Faszination aller Dinge wiederfinden, hat recht.

Es gab ein bisschen viele Frauen mit einem Namen auf A in meiner Geschichte: Astrolabe, Aliénor, Artemis und ihr Tempel, Eiffels Amélie und ihr Turm. Der erste Vokal, auf dessen Schwärze schon Rimbaud hinwies, war nicht zufällig aufgetaucht. Das riesige, Paris überragende A sollte den Einschlag meiner Sehnsucht zu spüren bekommen.

Es war nicht gesagt, dass meine Liebe zu Astrolabe unerfüllt bleiben müsste. Den Geschlechtsakt, den sie mir in ihrem Zimmer verweigert hatte, würde ich beim Tiefflug über die Stadt vollziehen.

Gegen 20 Uhr landeten die Frauen in ausgezeichneter Laune. Aliénor wirkte besonders glücklich, sie umarmte mich stürmisch. Ich ertrug die Schmatzer der Hasenscharte und hoffte auf die reinigenden Küsse von Astrolabe. Die zeigte sich verhaltener.

»Hat es dir gefallen?«, fragte ich sie.

»Sehr. Auch wenn deine Beweggründe fragwürdig waren.«

Ihr war nicht klar, dass ihre unbedachten Worte meinen Entschluss untermauerten. Ich hätte ihr gern gesagt, dass es eine Gnade sei, mir zu gefallen, eine Kostbarkeit, deren man sich würdig zu erweisen habe. Sie hätte mir ins Gesicht gelacht.

Im Café gegenüber gab es genau zur rechten Zeit Couscous. Die Frauen entdeckten das unglaubliche Glück, das Essen nach der Landung bereitet. Keine Schuldgefühle, keine Verbote hindern die jahrtausendelang geschmähte Nahrung daran, fröhlich in den Mund zu springen wie ein Frosch. Undenkbar, dass man aus so einer Erfahrung mit schwerem Magen hervorgeht. Essen ist nur ein Spiel.

Ich war nicht ganz so bei der Sache wie meine Freundinnen. Mit Flugzeugen im Bauch isst sich's nicht gut. Ich merkte, dass mein Entschluss, dessen Kraft ich eben noch angezweifelt hatte, mich ganz in Anspruch nahm. Ich würde nicht mehr frei sein, bis ich die Tat begangen hätte. Ich fühlte mich programmiert wie eine Zeitzünderbombe.

Astrolabes Verhalten war nicht dazu angetan, mich davon abzubringen. Sie erzählte von ihrer Reise mit einer Begeisterung, die ich naiv fand. Auch wenn ich wusste, dass alle Neulinge so reagieren, weckte es in mir weder Empathie noch Nachsicht.

Man ist niemandem so böse wie dem, der nichts dafür kann. Da mir die Ungerechtigkeit meines Grolls bewusst war, wollte ich nicht mit ihr Schluss machen – das hätte meiner Leidenschaft höchstens neuen Auftrieb gegeben –, sondern mich nur von ihr zurückziehen. »Tausend zu eins, dass sie es nicht einmal merkt«, dachte ich.

Warum sich das Leben schwermachen? Vor ein paar Jahren hatte ich einen Linienpiloten kennengelernt, einen gewissen Maximilien Figuier. Ich rief ihn an und fragte ihn einfach, wie man eine Boeing 747 fliegt.

Er antwortete mir auf die schlichteste Weise der Welt, und ich schrieb alles auf, was er sagte. Dann wiederholte ich diese Informationen laut, bevor ich die Frage stellte:

»Glauben Sie, dass es mir mit Ihren Erläuterungen gelingen würde, eine Boeing zu fliegen?«

»Nein«, erwiderte er. »Ein paar Stunden am Flugsimulator würden nicht schaden.«

»Und wo finde ich so ein Gerät?«

Er sagte es mir.

»Wollen Sie Linienpilot werden?«, fragte er ein wenig spöttisch.

»Nein, ich schreibe einen Roman, und mein Held bereitet sich auf eine Flugzeugentführung vor. Danke, Maximilien.«

Warum sich den Kopf zerbrechen? Ich rief den Simulatortyp an und grüßte ihn von Maximilien Figuier. Die Idee, an der Entstehung eines Romans mitzuwirken, gefiel ihm, ich solle einfach vorbeikommen. Während er mir die Handhabung des Simulators erklärte, machte ich mir Notizen. Einmal nahm er mir den Stift aus der Hand und korrigierte einen Schreibfehler.

»Wenn du dein Buch veröffentlichst, vergiss nicht meinen Namen in der Liste der Danksagungen!«

Böses tun kann jeder; man muss nur denen danken, die einem dabei behilflich sind.

Bastien – so hieß der Typ – ließ mich nicht gehen, bevor ich nicht mehrere Termine mit ihm ausgemacht hatte, um allein am Simulator zu üben.

»Sonst würde man zu sehr merken, dass deine Figur keine Ahnung hat. Soll ja kein Pfusch sein.«

Ich war entzückt von der Solidarität, die meine Initiative hervorrief. Sicher, die Leute wussten nicht, dass sie einem Verbrecher halfen. Hätten sie sich anders verhalten, wenn sie es gewusst hätten?

Bastien hatte recht gehabt: Ohne Praxis wären mir meine Notizen kaum von Nutzen gewesen. Am Flugsimulator lernte ich am meisten. Erstaunlich: Ich, der ich mir nie viel aus Videospielen gemacht hatte, saß davor wie festgenagelt.

Die Übungen am Simulator haben natürlich keinen Linienpiloten aus mir gemacht. Aber jetzt habe ich, ob zu Recht oder zu Unrecht, den Eindruck, meiner Mission gewachsen zu sein.

Als ich mein Flugticket für heute kaufte, schaute ich nach, wie viel Geld noch auf meinem Konto war: rund 4000 Euro – nicht so viel, um die letzte Woche, die mir blieb, wie ein Milliardär zu leben, aber genug, um mit hohem Einsatz zu spielen.

Ich lud Astrolabe und Aliénor zum Essen in die Tour d'Argent ein. Ich wollte nicht sterben, ohne die berühmte Blutente probiert zu haben.

»Hast du im Lotto gewonnen?«, fragte mich die Dame, die in meinem Herzen nun weniger präsent war.

»Nein. Ich war euch noch ein Essen schuldig. An dem Pilztag gab es ja keins.«

»Trotzdem, die Tour d'Argent, du übertreibst.«

Wir hatten einen Tisch am Fenster, ich deutete mit dem Kinn hinaus.

»Es ist das einzige Restaurant in Paris mit Blick auf die Rückseite der Notre-Dame.«

Sie schaute lange hin, bevor sie sagte: »Stimmt, sie ist von hinten noch schöner.«

Ohne dass ich mich dazu zwingen musste, war ich ihr gegenüber reservierter als vorher. Ich litt nicht mehr so darunter, sie zu lieben. Dadurch besserten sich auch meine Manieren. Was sie nicht unberührt ließ.

Sie schlug mir vor, sie nach Hause zu begleiten. Ich lehnte die Einladung ab. Sie protestierte nicht, aber ich sah, dass sie enttäuscht war. Hätte sie mir diese Enttäuschung einen Monat früher zum Geschenk gemacht, wäre ich vor Freude explodiert und der Eiffelturm womöglich verschont geblieben, dachte ich spöttisch. Jetzt war es zu spät: Ihr Kummer erreichte mich nicht mehr.

Frauen lieben immer zur Unzeit.

Gestern Morgen habe ich einen Brief von Astrolabe erhalten. Ich nehme ihn aus der Tasche, um ihn abzuschreiben:

Lieber Zoïle,
Du hast Dich verändert. Ich bedaure das, werfe es Dir aber nicht vor. Du wirst Deine Gründe haben. Was du für Kälte hieltest, war die ängstliche Reaktion einer Frau, die erkannte, dass sie über ihre Hoffnung hinaus geliebt wurde. Nicht, dass mir das missfallen hätte, im Gegenteil. Doch die Kunst, Diamanten huldvoll entgegenzunehmen, wird nirgendwo gelehrt, und ich bin darin nicht besser als jede andere. Wenn ich Dich verloren habe, füge ich mich und danke Dir für die Karat der Vergangenheit. Wenn auch nur die geringste Hoffnung besteht, dass Du zu mir zurückkehrst, will ich auf Dich warten und verspreche Dir, wenn ich schon nicht so gewandt bin, Dir zumindest die glückselige Verwirrung, die ich Dir verdanke, nicht länger vorzuenthalten.

Deine Astrolabe

Das kann man auf zwei Arten lesen: weinend vor so viel Schönheit oder lachend über diese Groteske. Ich habe noch genug Liebe in mir, dass diese Worte in meinem Kopf knallen wie Champagnerkorken. Aber auch genug Enttäuschung, um zu hören, wie lächerlich sie klingen könnten. Wirklich nachsichtig ist man nur, wenn man verrückt ist vor Liebe; sobald man nur ein klein bisschen weniger liebt, gewinnt die natürliche Gemeinheit wieder die Oberhand. Ich schwanke zwischen den beiden Stadien.

Gleichzeitig zeigt das Abschreiben des Briefes Wirkung. Abschreiben heißt die Macht der Worte aktivieren. Eine Partitur berührt mehr, wenn man sie spielt, als wenn man sie liest.

Das schwächt mich in meinem Entschluss. Verdammte Astrolabe, mich kriegst du nicht weich! Es wäre ganz leicht, auf mein Vorhaben zu verzichten. Ich müsste nur vom Flughafen zu dir eilen, und diesmal würde mich die Anwesenheit deiner blödsinnigen Schriftstellerin bestimmt nicht daran hindern, mein Ziel zu erreichen. Du bist jetzt in dem gleichen Zustand wie ich im Winter, du würdest mir nichts mehr verweigern. Ich habe dich so begehrt, ich habe mir so gewünscht, dich so erregt zu sehen, wie ich es war.

Aber ich beiße die Zähne zusammen und ignoriere die Gefühle, die mich zu dir drängen. Was zu spät kommt, ist unwürdig, basta. Außerdem habe ich mir geschworen durchzuhalten. Odysseus, der dem Gesang der Sirenen trotzte, würde mich verstehen. Das Problem der Sirenen ist, dass sie nie zum richtigen Zeitpunkt singen.

Es wird Zeit. Ich werde mit meiner Tasche auf die Flughafen-Toilette gehen. Im Duty-free-Shop habe ich eine Flasche Roederer Cristal gekauft. Man könnte sich fragen, warum diese Marke – für meinen Zweck hätte auch ein billiger Champagner genügt. Aber ich fand, dass meine Opfer es verdienten, qualitätvoll ins Jenseits befördert zu werden.

Ich werde die Flasche an der Toilettenschüssel zerschlagen und die größten Scherben einsammeln, darunter den Flaschenhals, der mir gut in der Hand liegen und meine beste Waffe sein wird. Es ist ein Jammer, diesen Wein zu vergeuden, aber was sein muss, muss sein. Kommt nicht in Frage, ihn auch nur zu kosten – ich brauche einen klaren Kopf. Er wird ohnehin nicht kalt genug sein.

Astrolabe war der einzige Champagner, der für mich kalt genug war. Egal. Dann sterbe ich eben nüchtern.

Wenn das Flugzeug abhebt, muss ich mit dem Flaschenhals ins Cockpit gehen und den Piloten die Kehle durchschneiden. Darüber habe ich lange nachgedacht. Da ich nicht weiß, ob ich zu einer solchen Tat fähig bin, besteht die einzige Lösung für mich darin, nicht darüber nachzudenken. Jede psychologische Vorbereitung würde meine Kräfte schwächen.

Die Handbewegung selbst sollte nicht allzu schwierig sein. Ich habe sie hundertmal im Kino gesehen und tausendmal vor dem Spiegel geübt. Wichtig ist nur, an nichts zu denken. Mein Plan ist, in diesem Moment *Die Winterreise* von Schubert im Kopf zu haben, weil es keinen Bezug gibt zwischen der Tat und der Musik.

Wenn das erledigt ist, übernehme ich die Steuerung der Maschine. Darauf freue ich mich – so kann ich überprüfen, ob Maximilien Figuiers Unterricht und mein Training am Flugsimulator etwas taugten. Auf jeden Fall wird es mit einem Crash enden. Der Eiffelturm ist besser und weniger banal als ein Drei-Sterne-Hotel in Gonesse. Ob die Geschichte mit dem Buchstaben A überhaupt stimmt?

Die Tür zur Pilotenkanzel schließe ich von innen ab. Dann bin ich an Bord dieses Flugzeugs der einzige Herr nach Gott. Meiner Meinung nach wird das ein großartiges Gefühl sein.

Wenn die Dinge wie vorgesehen ablaufen, werde ich mein Schiff nach Paris steuern. Wir haben den 19. März, der Himmel ist wolkenlos, das Licht noch winterlich klar – die Sicht wird phantastisch sein.

Ich liebe meine Heimatstadt, und ich werde sie dann mehr lieben denn je. Dieses Phänomen habe ich schon oft beobachtet: Um einen Ort zu lieben, muss man ihn von oben gesehen haben. Bestimmt stellt man sich deshalb Gott im Himmel vor: Wie sollte er uns sonst lieben können?

Ich werde von Norden kommen und in einer leichten Rechtskurve den Triumphbogen überfliegen. Hinter dem Trocadéro erwartet mich aufrecht das Riesen-A des Eiffelturms. Ich werde ihn mit jener Liebe lieben, die uns alles einflößt, was uns auf Gedeih und Verderb ausgeliefert ist.

Ich hoffe aufrichtig, dass mein Eingreifen das hübsche Palais Galliera nicht verschandelt und den hinreißenden Satz von Valéry, der auf dem Palais Chaillot steht, nicht unleserlich macht.

Gleich fordert die Stewardess die Passagiere auf, an Bord zu gehen. Ich werde nicht um Mut beten – das würde ja heißen, er könnte mir fehlen.

Einen Misserfolg meiner Mission will ich gar nicht ins Auge fassen. Ich werde es schaffen, das weiß ich.

Ich schließe die Augen und konzentriere mich. Ich kann den Riesenleib des Eiffelturms schon spüren. So eins bin ich mit meiner Maschine, dass ich ihn mit meinem ganzen stählernen Rumpf genieße.

Nie zuvor war ich mir meines Skeletts so sehr bewusst. Das muss Liebe sein.

Jetzt bin ich an Bord. Die Stewards, die sterben werden, grüßen mich. Bald heben wir ab.

Der Frühling kann beginnen.

Bitte beachten Sie
auch die folgenden Seiten

Amélie Nothomb im Diogenes Verlag

»Ein Nothomb-Buch ist immer: voller Anekdoten, Schwung und wörtlicher Rede. Schlau komponiert, humorvoll trocken, ein bisschen weise und sehr unterhaltsam.« *Jochen Förster / Die Welt, Berlin*

»So jung und so genial.«
Süddeutscher Rundfunk, Stuttgart

»Erstaunlich, wie profund und abgründig Amélie Nothomb erzählt.«
Christian Seiler / Die Weltwoche, Zürich

»Ein literarischer Superstar.«
Frankfurter Rundschau

»Wie herrlich kann Bosheit sein, wenn sie in guter Prosa daherkommt!« *Le Nouvel Observateur, Paris*

Die Reinheit des Mörders
Roman. Aus dem Französischen von Wolfgang Krege

Liebessabotage
Roman. Deutsch von Wolfgang Krege

Der Professor
Roman. Deutsch von Wolfgang Krege

Mit Staunen und Zittern
Roman. Deutsch von Wolfgang Krege

Quecksilber
Roman. Deutsch von Wolfgang Krege

Metaphysik der Röhren
Roman. Deutsch von Wolfgang Krege

Kosmetik des Bösen
Roman. Deutsch von Brigitte Große

Böses Mädchen
Roman. Deutsch von Brigitte Große

Attentat
Roman. Deutsch von Wolfgang Krege

Reality-Show
Roman. Deutsch von Brigitte Große

Biographie des Hungers
Roman. Deutsch von Brigitte Große

Der japanische Verlobte
Roman. Deutsch von Brigitte Große

Wilhelm Müller
Die Winterreise
und Die schöne Müllerin

Mit Zeichnungen von
Ludwig Richter und einem Nachwort von
Winfried Stephan

Die beiden berühmtesten Liederzyklen Wilhelm Müllers, *Die Winterreise* und *Die schöne Müllerin*, liegen hier in einem Band vor. Viele dieser Lieder sind in der Vertonung von Franz Schubert zu Volksliedern geworden.

»Der zu seiner Zeit als Verfasser politischer Gedichte und geselliger Trinklieder populäre Autor schuf mit der *Winterreise* sein literarisches Hauptwerk, das nicht nur als Textanregung für Schuberts Liedkomposition, sondern auch als eigenständige lyrische Leistung Beachtung verdient. Mit knappem Wortmaterial gelingt ihm eine Aussage von eindrücklicher Dichte.«
Kindlers Neues Literatur Lexikon

»Wie rein, wie klar sind Ihre Lieder, und sämtlich sind es Volkslieder. Ja, ich bin groß genug, es sogar bestimmt zu wiederholen, und Sie werden es mal öffentlich ausgesprochen finden, daß mir durch die Lektüre Ihrer Siebenundsiebzig Gedichte zuerst klargeworden, wie man aus den alten vorhandenen Volksliedformen neue Formen bilden kann, die ebenfalls volkstümlich sind, ohne daß man nötig hat, die alten Sprachholperigkeiten und Unbeholfenheiten nachzuahmen.«
Heinrich Heine an Wilhelm Müller

Adam Davies im Diogenes Verlag

Adam Davies, geboren 1971 in Louisville, Kentucky, arbeitete nach seinem Literaturstudium an der Syracuse University als Verlagsassistent in New York. Heute ist er Dozent für Englische Literatur an der University of Georgia und am Savannah College of Art & Design. Adam Davies lebt in Brooklyn, New York, und Savannah, Georgia.

»Adam Davies ist so komisch und umwerfend wie Nick Hornby, aber auch so in den Bann ziehend und traurig wie J. D. Salinger *(Der Fänger im Roggen)*. Genial.«
Badische Neueste Nachrichten

»Adam Davies kann von Tragödien so grandios erzählen, dass man ordentlich was zu lachen hat.«
Christine Westermann / WDR, *Köln*

Froschkönig
Roman. Aus dem Amerikanischen
von Hans M. Herzog

Goodbye Lemon
Roman. Deutsch von
Hans M. Herzog

Dein oder mein
Roman. Deutsch von
Hans M. Herzog

Joey Goebel im Diogenes Verlag

Joey Goebel ist 1980 in Henderson, Kentucky, geboren, wo er auch heute lebt und Schreiben lehrt. Als Leadsänger tourte er mit seiner Punkrockband ›The Mullets‹ durch den Mittleren Westen.

»Joey Goebel rockt das gleichgeschaltete Amerika. Gegen diese Art des Erzählens wirken die zeitgenössischen Stars des amerikanischen Realismus – von Philip Roth bis Jonathan Franzen –, aber auch die erprobten Postmodernisten – von Donald Barthelme bis zu Paul Auster – arg verschmockt. Momentan wird Joey Goebel nur durch sich selbst übertroffen.«
Evelyn Finger / Die Zeit, Hamburg

»Solange sich junge Erzähler finden wie Joey Goebel, ist uns um die Zukunft nicht bange.«
Elmar Krekeler / Die Welt, Berlin

Vincent
Roman
Aus dem Amerikanischen von
Hans M. Herzog und Matthias Jendis

Freaks
Roman
Deutsch von Hans M. Herzog
Auch als Diogenes Hörbuch erschienen,
gelesen von Cosma Shiva Hagen, Jan Josef Liefers,
Charlotte Roche, Cordula Trantow
und Feridun Zaimoglu

Heartland
Roman
Deutsch von Hans M. Herzog

Muriel Spark im Diogenes Verlag

»Diese Mischung von spannender Unterhaltung und ernsteren Erörterungen, die an Graham Greene erinnert, gelingt nur wenigen Autoren.«
Matthias Wegner / Frankfurter Allgemeine Zeitung

»Muriel Spark ist eine der bedeutenden europäischen Autorinnen der Gegenwart, der in Großbritannien und den USA eine hohe Wertschätzung nicht zuletzt durch Vertreter einer jüngeren Schriftstellergeneration zuteil wird: Adam Thirlwell und Ali Smith.«
Thomas David / Neue Zürcher Zeitung

»Muriel Spark ist weder altmodisch noch avantgardistisch, sie ist originär. Sie erklärt nicht, liefert keine Moral, sie beschreibt einfach nur, wie Menschen sich verhalten.« *Adam Thirlwell*

»Muriel Sparks Romane sind Werke aus glitzerndem Eis, dessen leicht gefrorene Oberfläche einen verleitet, fröhlich über etwas auf und ab zu springen, das tiefer und dunkler ist als das Loch Ness.« *Ali Smith*

Memento Mori
Roman. Aus dem Englischen von Peter Naujack

Junggesellen
Roman. Deutsch von Elisabeth Schnack

Die Ballade von Peckham Rye
Roman. Deutsch von Elisabeth Schnack

Robinson
Roman. Deutsch von Elizabeth Gilbert

Die Tröster
Roman. Deutsch von Peter Naujack

Vorsätzlich Herumlungern
Roman. Deutsch von Hanna Neves

Die Blütezeit der Miss Jean Brodie
Roman. Deutsch von Peter Naujack

Das einzige Problem
Roman. Deutsch von Otto Bayer

Mädchen mit begrenzten Möglichkeiten
Roman. Deutsch von Kyra Stromberg

Das Mandelbaumtor
Roman. Deutsch von Hans Wollschläger

Päng päng, du bist tot
und andere Geschichten. Deutsch von Matthias Fienbork

Hoheitsrechte
Roman. Deutsch von Mechthild Sandberg

Bitte nicht stören
Roman. Deutsch von Otto Bayer

Das Treibhaus am East River
Roman. Deutsch von Otto Bayer

Übernahme
Roman. Deutsch von Mechthild Sandberg

In den Augen der Öffentlichkeit
Roman. Deutsch von Christian Ferber

Curriculum Vitae
Selbstportrait der Künstlerin als junge Frau. Deutsch von Otto Bayer. Mit einem Bildteil

Träume und Wirklichkeit
Roman. Deutsch von Hans-Christian Oeser

Frau Dr. Wolfs Methode
Roman. Deutsch von Hans-Christian Oeser

Hundertundelf Jahre ohne Chauffeur
Geschichten. Deutsch von Hans-Christian Oeser

In sturmzerzauster Welt
Die Brontës
Deutsch von Gottfried Röckelein

Der letzte Schliff
Roman. Deutsch von Hans-Christian Oeser

Meistererzählungen
Deutsch von Peter Naujack und Elisabeth Schnack (vormals: *Portobello Road* und andere Erzählungen)

Arnon Grünberg im Diogenes Verlag

»Alle seine Helden geben trotz aller Vergeblichkeit nie auf, der Obsession nachzuspüren: Der eine kreist um die Vorstellung, das Geschlecht eines Zwerges zu haben und wird darüber von Tag zu Tag kahler. In *Phantomschmerz* erliegt ein Schriftsteller den schönen Lügen, in *Monogam* sucht ein zur Liebe wild Entschlossener das absolute Begehren im Sex mit den unterschiedlichsten Frauen. In *Statisten* versuchen drei Freunde mit aller Wucht, Marlon Brando zu werden, und im Erstling *Blauer Montag* gondelt ein Nichtsnutz aus verquerem jüdischen Hause durch ein Dasein voller Huren, koscherer Küsse und Versuche, betrunken zu werden. Arnon Grünbergs Figuren wollen aber immer mehr als den reinen Rausch. Sie versuchen nebenbei auch noch, Menschen zu werden. Meistens bleibt es beim Versuch. Das macht aber nichts, wenigstens dem Leser nicht; dem ist es ein Vergnügen, den Irrläufern bei ihren Irrläufen zuzusehen.« *Anuschka Roshani / Tages-Anzeiger, Zürich*

Blauer Montag
Roman. Aus dem Niederländischen von Rainer Kersten

Statisten
Roman. Deutsch von Rainer Kersten

Phantomschmerz
Roman. Deutsch von Rainer Kersten

Der Vogel ist krank
Roman. Deutsch von Rainer Kersten

Gnadenfrist
Deutsch von Rainer Kersten

Tirza
Roman. Deutsch von Rainer Kersten

Mitgenommen
Roman. Deutsch von Rainer Kersten

Unter dem Pseudonym
Marek van der Jagt

Monogam
Deutsch von Rainer Kersten

Viktorija Tokarjewa im Diogenes Verlag

Viktorija Tokarjewa, 1937 in Leningrad geboren, studierte nach kurzer Zeit als Musikpädagogin an der Moskauer Filmhochschule das Drehbuchfach. 15 Filme sind nach ihren Drehbüchern entstanden. 1964 veröffentlichte sie ihre erste Erzählung und widmete sich ab da ganz der Literatur. Sie lebt heute in Moskau.

»Ihre Geschichten sind seit jeher von großer Anmut, allesamt Kunst-Stückchen, die einem die Vorstellung von Leichthändigkeit suggerieren. Nicht jedoch von Leichtgewichtigkeit. Wenn sie uns ein Schmunzeln entlocken, dann liegt das daran, daß Viktorija Tokarjewa über einen ausgeprägten Humor verfügt und diese Gabe durchweg einsetzt. Es ist kein Humor der satirischen Art, eher eine sanfte Ironie, gewürzt mit einer Prise Traurigkeit und einem vollen Maß an mitmenschlichem Erbarmen.«
Frankfurter Allgemeine Zeitung

Zickzack der Liebe
Erzählungen. Aus dem Russischen von Monika Tantzscher

Mara
Erzählung. Deutsch von Angelika Schneider

Happy-End
Erzählung. Deutsch von Angelika Schneider

Lebenskünstler
und andere Erzählungen. Deutsch von Ingrid Gloede

Der Pianist
Erzählungen. Deutsch von Angelika Schneider

Eine Liebe fürs ganze Leben
Erzählung. Deutsch von Angelika Schneider

Glücksvogel
Roman. Deutsch von Angelika Schneider

Liebesterror
und andere Erzählungen. Deutsch von Angelika Schneider

Der Baum auf dem Dach
Roman. Deutsch von Angelika Schneider

Andrej Kurkow im Diogenes Verlag

Andrej Kurkow, geboren 1961 in St. Petersburg, lebt seit seiner Kindheit in Kiew. Er studierte Fremdsprachen (er spricht insgesamt elf Sprachen), arbeitete als Redakteur und während des Militärdienstes als Gefängniswärter. Danach wurde er Kameramann und schrieb zahlreiche Drehbücher. Seit 1996 ist er freier Mitarbeiter bei Radio und Fernsehen und freier Schriftsteller. Er lebt in Kiew und London.

»Kurkow beweist, daß man auch auf russisch wieder frische Geschichten erzählen darf: intelligent, witzig, weder die Realität verkleisternd noch sie ausblendend, nicht angestrengt antirealistisch, aber auch nicht wirklich traditionell.«
Thomas Grob / Neue Zürcher Zeitung

Picknick auf dem Eis
Roman. Aus dem Russischen von Christa Vogel

Petrowitsch
Roman. Deutsch von Christa Vogel

Ein Freund des Verblichenen
Roman. Deutsch von Christa Vogel

Pinguine frieren nicht
Roman. Deutsch von Sabine Grebing

Die letzte Liebe des Präsidenten
Roman. Deutsch von Sabine Grebing

Herbstfeuer
Erzählungen. Deutsch von Angelika Schneider

Der Milchmann in der Nacht
Roman. Deutsch von Sabine Grebing